Mit Kafka im Café
Die schönsten Szenen bei Anna Seghers

Monika Melchert

Mit Kafka im Café

Die schönsten Szenen bei Anna Seghers

Ein Lese-Verführer

trafo

Bibliografische Informationen Der Deutschen Bibliothek
Die Deutsche Bibliothek verzeichnet diese Publikation
in der Deutschen Nationalbibliografie;
detaillierte bibliografische Daten sind im Internet
über http://dnb.ddb.de abrufbar

Impressum

ISBN 3-89626-659-4

1. Auflage 2006

Finkenstraße 8, 12621 Berlin
Tel.: 030/56701939
Fax: 030/56701949
e-Mail: trafoberlin@t-online.de
Internet: http://www.trafoberlin.de

Satz und Layout: Ina Walzog Verlags- & Medienservice
Umschlagbild: siehe Bildnachweis

Druck und Verarbeitung: SDL oHG, Berlin
Printed in Germany

Inhalt

Zum Geleit

Anna Seghers, meine Mutter, schrieb, je nach ihrer Idee, ihrer Eingebung, ihrem Bedürfnis, ihrer Phantasie und ihrer Stimmung, sowohl große Romane, kleinere Novellen, Reportagen und Essays, wie auch Sagen und Erzählungen. Sie wollte ihre Leser zum Nachdenken, aber auch zum Träumen bringen. Sie dachte zur gleichen Zeit an verschiedene Motive. Für einen Roman nahm sie sich öfter zwei Jahre Zeit, aber dazwischen verfasste sie gern kürzere Geschichten mit wenigen Figuren. Einige von diesen liebe ich ganz besonders.

Monika Melchert hatte den guten Einfall, Auszüge sowohl aus den Romanen wie aus den kürzeren Geschichten zu bringen. Sicher werden dann die Leser Lust bekommen, die Erzählungen ganz zu lesen.

Pierre Radvanyi
Paris, im September 2006

Für Armand

Und habt ihr denn etwa keine Träume, wilde und zarte, im Schlaf zwischen zwei harten Tagen? und wißt ihr vielleicht, warum zuweilen ein altes Märchen, ein kleines Lied, ja nur der Takt eines Liedes, gar mühelos in die Herzen eindringt, an denen wir unsere Fäuste blutig klopfen? Ja, mühelos rührt der Pfiff eines Vogels an den Grund des Herzens und dadurch auch an die Wurzeln der Handlungen.

Anna Seghers
(Motto der »Schönsten Sagen vom Räuber Woynok«)

Die Toten auf der Insel Djal

Dann packte der Pfarrer den Kapitän an seiner Halskette und zog ihn sacht und gelassen neben sich her wie einen Hammel, wobei er auf ihn einredete: »So ein gewöhnlicher Christ, wie Ihr seid, Kapitän, gehört nämlich nach seinem Tod in Geduld unter die Erde, bis es unserem Herrn beliebt, zur Auferstehung zu blasen. Was aber mich anbelangt, so begnügte ich mich nicht damit, eine Hand herauszustrecken, einen Grabstein umzuwerfen oder einen Pfarrer zu erschrecken, sondern ich setzte Gott mit so wilden und zornigen Gebeten so lange zu, bis er mich auf die Fürbitte seiner sieben Engel noch einmal in meiner alten Gestalt ins Leben lassen mußte. *Ihr müßt nämlich wissen, Kapitän – – – ich selber bin ein Toter!«*

Der Zauber des Geheimnisvollen, Dunklen, Sagenhaften weht uns schon im allerersten Text der Dichterin an. Wie oft noch wird sie später diesen Ton aufnehmen. Es ist der ganz besondere mythische Erzählton der Anna Seghers geworden. Die Farben alter Sagen und Märchen bilden die Grundierung ihres Erzählens, selbst dann, wenn sie sich Gegenwartsstoffen zuwendet. Doch am Anfang stehen einige Stoffe, die tief aus der Vergangenheit kommen.

Diese Novelle trägt den Untertitel: *Eine Sage aus dem Holländischen, nacherzählt von Antje Seghers.* Die Kunststudentin Netty Reiling hat sie 1924 geschrieben. Hier taucht zum ersten Mal der Name Seghers als Autorenname auf. Es ist gewissermaßen die Geburtsstunde der Schriftstellerin Anna Seghers. Veröffentlicht wird der Text, lange vor einer ersten Buchausgabe, in der »Frankfurter Zeitung und Handelsblatt«, Frankfurt am Main, Sondernummer Weihnachten 1924. Später hat Anna Seghers auf Befragen mitgeteilt, sie habe bereits als Studentin das starke Drängen in sich gespürt, erzählen zu müssen, was in ihrer Fantasie entsteht. Da die Geschichte von einer Figur mit Namen Jan Seghers handelt, als deren Nachfahrin sich die Erzählerin ausgibt, eignet sie sich eben diesen Familiennamen an. Sie hatte, so erklärte sie, nach einem Namen gesucht, »der holländisch klingen sollte«. Er geht zurück auf den holländischen Maler und Grafiker Hercules Seghers (um 1590–1640), auf den Netty Reiling im Umfeld ihrer Rembrandt-Studien aufmerksam geworden war. Ende 1924 hatte sie ihr Studium der Kunstgeschichte, Geschichte und Sinologie an der Universität Heidelberg mit einer Dissertation über »Jude und Judentum im Werke Rembrandts« abgeschlossen. Dass sie vom Bild her kommt, spürt man deutlich: Eindrucksvolle epische Tableaus lassen die wilde Szenerie der Insel Djal anschaulich vor uns entstehen.

Wie in der Zukunft noch mehrfach, siedelt die junge Erzählerin ihre frühe Geschichte in einem epischen Raum an, der das Atmosphärische der Nordsee und des Nordatlantik, der Geografie von Holland atmet. Auch jene Fantasie-Insel Djal, nirgends auf einer realen Landkarte zu finden, mag der Leser dieser Region zuschlagen. Der Pfarrer von Djal jedenfalls vertritt die reformierte, protestantische Kirche.

Die Toten auf dem Friedhof von Djal sind vor allem Seeleute, die ums Leben kamen, als ihre Schiffe an den Klippen der Insel zerschellten – *ein sonderbares Volk*, wie die Erzählerin sie nennt. Sie können und wollen sich so gar nicht zufrieden geben mit ihrem Zustand des Totseins, denn das Brüllen und Zischen des Meeres, das sie in ihren Gräbern hören, lässt sie nicht zur Ruhe kommen. Es sind Tote, die nicht wirklich in den Tod eingehen können – vielleicht, weil sie im Leben zu kurz gekommen sind, weil sie ihre Leben nicht zu Ende leben konnten.

Aber erst der Pfarrer dieser Insel, ein merkwürdiger Gesell: Seine Augen glühten, seine Lippen waren aufgeworfen; er war fast fünfzig Jahre alt, doch sein Schädel wuchs noch von Jahr zu Jahr, und sein Talar roch nach Salzwasser: »Er hätte der Leibhaftige sein können, wenn er nicht gerade der Pfarrer von Djal gewesen wäre.« Das Ruhevolle, Segenspendende, das ein Pfarrer wohl eigentlich an sich haben sollte, geht diesem völlig ab. Die Sätze, die die junge Erzählerin für seine Charakteristik findet, gehen unter die Haut und lassen einen erschauern. Seine Seele müsse schon ganz zerwühlt und durchlöchert sein von all den Beichten der Sterbenden, die er abzunehmen genötigt war. So wild und aufgepeitscht wie das kurze Leben der toten Seeleute, so ist dieser Pfarrer selber. Diese Seele, die ihm die Erzählerin mitgibt, macht ihn zu einem Ungewöhnlichen, wie es noch viele Männerfiguren bei ihr geben wird. Eine gewisse innere Verwandtschaft zieht sich durch die Reihe jener Gestalten, die man immer als Geschöpfe der Autorin erkennt.

Manchmal in stürmischen Nächten, wenn Unwetter die Insel peitschten und der Wind heulte, konnten die Toten gar nicht mehr ruhig in ihren Gräbern liegen. Dann musste der Pfarrer, Psalmen vor sich hinsingend, diese unbändigen Toten zwingen, sich in ihr Schicksal zu fügen. Jetzt half einzig, dass er mit dem Fuß aufstampfte und ihnen brüllend befahl: »Ruhe da drunten«! Erst damit konnte er die Ordnung auf seinem Kirchhof einigermaßen wieder herstellen.

Und dann der Kapitän Morten Sise, auch einer der Untoten. Sein Schiff »Daniel Averkamp« war vor Djal gescheitert, und ausgerechnet er, der Kapitän, ein dürrer langer Toter, war an seiner silbernen Halskette an einem Felsen hängen geblieben. Sein Körper schien sich zu weigern, von den Fischern aus dem Wasser geborgen zu werden. Er versteifte sich darauf, im Meer zu bleiben, doch Fischer und Pfarrer gaben nicht auf, bis sie ihn unter einem christlichen Grabstein auf ihrem Dorffriedhof begraben hatten. Seine ruhelose, ungebärdige Seele aber stachelte ihn zum Widerstand an, nachts warf er seinen Grabstein um, steckte gar eine Hand heraus und trieb sein Unwesen. Der Pfarrer musste schon seine ganze Macht ausspielen, um diesen widerspenstigen Kapitän zur Ruhe zu bringen. Es ist dennoch keine gruselige Geschichte. Man liest vom Treiben jener seltsamen Toten, als müsste es so sein.

Anna Seghers beginnt hier die lange Reihe ihres Erzählens von den Lebenden und den Toten. Schon die ganz junge Frau ist sich dieses Zusammenhangs bewusst. Sie kann sich die Welt in ihrer komplexen Realität nur vorstellen als eine, in der die Toten an den Unternehmungen der Lebenden beteiligt sind. Mit dem programmatischen Titel »Die Toten bleiben jung« wird sie später, am Ende der Exiljahre, ihren großen Epochenroman überschreiben, der die Ereignisse der deutschen Geschichte zwischen dem Ersten und dem Zweiten Weltkrieg deutet. Immer wieder ist es für ihre Geschichten bedeutsam, dass die Toten nicht so ganz und gar aus dem Dasein der Lebenden verschwinden. Ganz besonders in der autobiografischen Erzählung »Der Ausflug der toten Mädchen«: Es sind die ehemaligen Schulfreundinnen der Netty Reiling aus dem Mädchengymnasium in Mainz, die während des Zweiten Weltkriegs fast alle umgekommen sind, die aber für die Erinnerung der Erzählerin im Exil eine wesentliche, sinnstiftende Wirklichkeit behalten haben. Indem sie diese Mädchen gewissermaßen ins Leben zurückruft, in die Jahre ihrer gemeinsamen Jugend, kann sie sich erst der eigenen Herkunft und Vergangenheit versichern. Und, in einer anderen sehr frühen Erzählung, der kleine Jans Jansen, der sterben muss. Er gehört zu den Knaben, die in ihrem gefährlichen Spiel auf der Brücke denjenigen ihrer Gefährten begegnen, die im vorigen Jahr bei diesen Spielen ums Leben gekommen sind. Ihre Welten berühren sich weiterhin, es gibt keine absolute Trennungslinie zwischen Leben und Tod. Diejenigen, denen man früh ihr Leben nimmt, können nicht altern und den natürlichen Lauf eines Lebens durchmessen – die Toten bleiben jung.

Die Legende von der Reue des Bischofs Jehan d'Aigremont von St. Anne in Rouen

Der Nebel sickerte in die Kammer, und manchmal tönte vor dem Fenster ein Ruf von Schiff zu Schiff, oder das Licht eines Bootes flatterte nur gerade die Kammer hindurch die Wände entlang über das Bett und zurück in die Nacht. Sie waren schon wieder auseinandergefallen wie die Schalen einer Frucht, schon wieder zwei Menschen geworden, zwei Gesichter, die in die Luft schauten, jedes hatte seine Glieder wieder für sich allein und sein Herz für sich allein und seinen Schlaf für sich allein.

Sagen und Legenden stehen am Anfang des erzählerischen Lebenswerks. Ende des Jahres 1924 hatte Netty Reiling ihre Doktorarbeit erfolgreich verteidigt und dafür als Anerkennung von den Eltern eine Reise nach Paris geschenkt bekommen. Auf dieser Reise und im darauf folgenden Frühling führt sie ein Tagebuch. Darin schreibt sie von einer Geschichte, die sie im Kopf hat und die unter dem Titel »Bischof« auftaucht: »Morgens ›Bischof‹ begonnen. Angstvoll. Möge es gelingen.« Sie ist gelungen und eine ihrer schönsten, geheimnisvollsten Erzählungen geworden, auch wenn die Schriftstellerin sie später beiseite legt und Zeit ihres Lebens nicht veröffentlicht. Ihr Sohn Pierre Radvanyi fand den Text viele Jahre nach dem Tod der Mutter unter alten Papieren aus der Zeit der Emigration in Paris und gab ihn im Jahr 2003 zum Druck.

Jener Jehan, der ehemalige Bischof der Kirche St. Anne in Rouen, ist ein ganz besonderer Mensch. Er ist zum Mörder an einer Hure geworden, und zugleich ist er ein Heiler, einer, der durch Auflegen seiner Hände Krankheiten und andere schlimme Gefährdungen heilen kann. Als er die schwarzhaarige Catharina kennenlernt, ist er gebannt von ihrer Schönheit. Eine Liebesgeschichte beginnt. Bald aber muss er feststellen, auf ihrer Haut breitet sich eine schreckliche Krankheit aus, kriecht wie ein böses braunes Tier immer weiter über ihren schönen Körper. Doch ausgerechnet ihr, gerade der Frau, die er liebt, kann Jehan nicht helfen. Hier versagt seine Heilkraft.

In dieser Erzählung, angelegt beinahe wie eine mittelalterliche Heiligenlegende, begegnet man den frühen Spuren des großen mythischen Erzählvermögens von Anna Seghers. Aus einer orthodoxen jüdischen Familie stammend, hat sie sich zugleich schon in der Jugend mit mittelalterlichen christlichen und alten mythologischen Überlieferungen beschäftigt. Das ist der Urgrund, auf dem sie steht, ihr kulturelles Hinterland. Der Glaube an ein göttliches Wirken ist damals noch ganz virulent in der jungen Frau, Beistand erhofft sie von dorther. Über ihrem Manuskript steht gar geschrieben: »mit Gottes Hilfe«. Christliches und Jüdisches werden sich im Erzählen der Anna Seghers auch später nicht ausschließen. Immer wieder sind es Figuren und Bilder aus der christlichen Ikonografie, die ihre Literatur besonders stark prägen. Nicht erst in der Kreuzsymbolik des Romans von dem siebten, leergebliebenen Kreuz wird diese Affinität spürbar. So viele Motive, die dann das Lebenswerk der Dichterin bestimmen, tauchen hier bereits auf. Sie, die gerade in ihrer Dissertation über den Maler Rembrandt geschrieben hatte, kommt vom Bild her. Das bestimmt ihren Stil, die Farbigkeit, die Intensität der Schilderungen. Die besondere Aura, die den Bischof Jehan umgibt, macht das sinnfällig. Wenn er seine Hände auflegt, wird alles gut. »Der Bischof Jehan von Priepournous, trala, der heilt die Weiber für 20 Sous, trala«, so singt man im Volk über ihn.

Eine Kette aus blauen Perlen wird zum Auslöser einer Tat, die das Verhängnis des Bischofs heraufbeschwört. Die Farbe Blau kommt bei Anna Seghers immer dann zum Einsatz, wenn es um Außergewöhnliches, Nichtalltägliches geht. So kann sich auch der Bischof Jehan später selber nicht erklären, warum er einen Zwang verspürte, diese einfache Perlenschnur zu kaufen und sie der Dirne zu schenken, die er zu sich kommen lässt und die er tötet – er weiß nicht wie. Einen Vorsatz, eine rationale Erklärung seiner Tat gibt es, wie so oft bei Anna Seghers, nicht. Im Tagebuch steht der entscheidende Satz: »ich habe meine Bilder wieder, ja sie bestürmen mich«, und sie setzen die erzählerische Fantasie der Autorin in Gang.

Auch ein ganz wichtiges Hauptmotiv der Anna Seghers gewinnt in dieser Geschichte erstmals Gestalt: Erzählen, um zu überwinden. Ein Urantrieb des Erzählens überhaupt. Der ehemalige Bischof, unter die Sträflinge geworfen, ist verwirrt und verunsichert. Doch als er nachts, flüsternd, drängend, den Mitgefangenen seine Geschichte erzählen kann, werden damit die Gespenster seiner Verlorenheit gebannt. Die anderen hören ihm zu, drängen sich um ihn, mit seinen Worten kann er sie ergreifen: »sie suchten in der Dunkelheit sein Gesicht, er war nicht mehr allein und also war alles gut«. Immer in Situationen des Alleinseins wird das Erzählen, Sich-Mitteilen zum rettenden Vorgang. Selbst wenn die Zuhörer Fremde sind, allein das Aussprechen des Bedrückenden hat heilsame Folgen. Und es erhellt die Zusammenhänge der Dinge, die sonst lose, unverständlich im Raum stehen bleiben würden. Bald ist Jehan von der Obsession ergriffen, immer und immer wieder von neuem von seiner Tat zu reden, »ich will ja nur alles der Reihe nach erzählen«, bis zum Überdruss der anderen.

Der Bischof Jehan in dieser Geschichte ist ein sonderbarer Mensch und wahrscheinlich schon deshalb seiner Schöpferin tief vertraut. Er liebt und will geliebt werden; ein armer, einsamer Mensch. Die Gegensätze erst machen ihn so schillernd und hintergründig. Voller Geheimnis bleibt nicht nur er selbst, sondern auch die Gestalt an seiner Seite, der rothaarige Chatchat, eine beinahe liebevolle Inkarnation des Teufels. Unter allen Mithäftlingen ist es gerade dieser, bei dem Jehan Trost findet. Und er ist es auch, der Jehan in die Welt der Parias einführt, in die Kneipen und ärmlichen, doch innen rot und blau gestrichenen Häuser am Flussufer – wie es bei Anna Seghers immer der Eine, Ungewöhnliche ist, der die anderen zu dem führt, was für sie bestimmt ist.

Am Ende trägt Jehan die Stigmata in seinen Händen, eingeritzt mit der Spitze vom Haarpfeil der schwarzen Catharina. Er hält sie für die Zeichen seiner Erwählung, gleich den Wundmalen Christi. Dem liegt die Wundergeschichte des heiligen Franz von Assisi (1181/82–1226) zu Grunde. Sie hat ihm diese Zeichen zugefügt, um ihn von sich loszumachen, als sie spürt, dass sie sterben wird, weil niemand ihr zu helfen vermag, nicht einmal der wundertätige Bischof, auf den sie so gehofft hatte. Dieses eine Mal ist die ersehnte Erlösung ausgeblieben. Als er dem Mädchen erstmals gegenübersteht, erkennt er »dieses Kranke auf ihrer Stirn und hinter ihren Augen«. Und er hört, wie zur Warnung, das Herz in seiner Brust dreimal anschlagen, ganz deutlich wie eine Glocke: »›Tu es nicht. Tu es nicht. Tu es nicht.‹ Aber er drückte die Hand dagegen, wie man einem Hund das Maul zudrückt.« Ganz nah ist die Schriftstellerin hier dem Milieu der Außenseiter, der Galgenvögel, Tagediebe und Prostituierten, wie sie es in ihrer meisterhaften Erzählung »Grubetsch« schon wenig später im Stoffbereich des frühen 20. Jahrhunderts sein wird.

Nach der Trennung von Catharina tut der ehemalige Bischof Buße auf den Treppen seiner Kirche St. Anne in der Stadt Rouen, als Bettler unter Bettlern. Bald unterscheidet er sich nicht mehr von den übrigen Krüppeln und Bettlern, deren Äußeres nur noch wie zusammengeweht aus lauter Fetzen erscheint. Doch ob es Reue ist, bezeugt die Erzählung nicht. Denn im Grund bleibt der Bischof Jehan stolz auf die ihm von Gott verliehene Gabe: Er ist ein Ausersehener. Und als es ans Sterben geht, wieder im alten Milieu der Schenke, und sein Kopf im Augenblick des Todes noch einmal mit letzter Kraft in die Luft »schnurrt«, bevor er endgültig nach unten fällt, da ist die Erlösung für ihn doch ahnbar: »Gott hatte seine Seele aufgenommen in das Ewige Leben«.

Anna Seghers stattet ihre Figuren mit einer sonderbaren Anziehungskraft aus, die dafür sorgt, dass sie sich ins Gedächtnis einprägen, auch wenn sich nicht alle Handlungsmomente bis ins letzte auflösen lassen. Das soll so sein. Manches wird in dieser Geschichte nur angerissen, ausprobiert. Doch schon hat die Erzählerin ein sicheres Gespür für das Einmalige, Besondere einer Situation. Der charakteristische Ton ist bereits gefunden. Schon ist sie auch infiltriert von den Ideen des Chiliasmus, der Erlösungstheorie und revolutionären Hoffnung auf eine gerechtere Gesellschaft, worüber der junge Laszlo Radvanyi bei Karl Jaspers in Heidelberg promoviert und die er mit leidenschaftlicher Intensität auf die geliebte Frau überträgt. Legenden, Sagen und Märchen wird Anna Seghers ihr Leben lang immer wieder schreiben, sie gehören zu den schönsten Erzählungen und lassen ihr großes Talent voll aufleuchten.

In der Liebesgeschichte zwischen diesen beiden scheinbar so ungleichen Menschen, dem Bischof und der Dirne, findet die Autorin zum ersten Mal eine ganz starke Sinnlichkeit des Erzählens. Die Körper des Paares, nach dem Liebesakt wieder auseinandergefallen wie die zwei Schalenhälften einer Frucht, malen ein intensives Bild der Vereinigung, in der die Liebe die Menschen zusammenführt. Wenn man später zuweilen behauptet hat, Anna Seghers schreibe unsinnlich, zeugt das von der Unkenntnis ihrer besonderen Art eines bildhaften emotionalen Erzählens.

Veröffentlicht wurde die Erzählung erstmals zusammen mit dem einzigen Tagebuch der jungen Frau Netty Reiling, das sie während der Paris-Reise im November 1924 beginnt und bis zum darauf folgenden Frühjahr weiterführt, 2003 unter dem Titel »Und ich brauch doch so schrecklich Freude«. Auch dieses Zitat aus den sehr persönlichen Aufzeichnungen wird dann zu einer Art Motto für das ganze Leben der Schriftstellerin Anna Seghers.

Jans muß sterben

Seit der kleine Rote »Wahrhaftig, da ist er!« ausgerufen hatte, da hatte Jans, während er über die Brücke ging, nur gespürt, was jeder spürt, wenn das, worauf er sein Ziel gerichtet hatte, erreicht und getan ist. Aber auch die letzte blasse Erinnerung an irgendein Weh war aus seinem Herzen verschwunden. Für diesen großen Gast war sein winziges Seelchen doch eine gar zu enge Behausung. Aber soviel Freude überhaupt hereinging, soviel Freude war während dieser zwei Minuten darinnen.

Auch diese frühe Erzählung von 1925 wurde vom Sohn der Schriftstellerin erst aus dem Pariser Nachlass entdeckt und im Jahr 2000 zum ersten Mal veröffentlicht. Die Geschichte eines kleinen Jungen, der in der Stadt am großen Strom aufwächst, in dem man unschwer den Rhein erkennen kann. Dieser Jans Jansen, sieben- oder achtjährig, ein schmaler, schmächtiger Knabe, erkrankt eines Tages lebensbedrohlich und muss einen endlosen Winter lang in der engen Arbeiterstube seiner Eltern im Bett ausharren, ohne Licht und Freude, bis er nur mehr ein Schatten des einst lebhaften Kindes ist. Erzählt wird vom Leben und Sterben des kleinen Jans, eine wundersame Geschichte zwischen harter Realität und deren traumdurchzogener Überwindung. Das Abenteuer einer Kindheit, die in den Tod mündet. Eine traurige Geschichte, die doch mit einer großen, schönen Vision endet.

Der unverwechselbare Tonfall, der die großen frühen Erzählungen der Anna Seghers kennzeichnet, ist hier bereits angeschlagen: manchmal seltsam sachlich und kühl, dann wieder brennend heiß. Immer dann, wenn das Innere der Figuren, ihre Sehnsüchte, Träume und Hoffnungen zur Sprache kommen, übersteigt der Erzählton die Ebene des nüchternen Berichts. »Niemand weiß, ob Jans Jansen an diesem Tag hinfiel, weil ihm schwindlig war, oder ...«, so beginnt die Erzählung, und in diesem bewussten In-der-Schwebe-Halten – niemand weiß es eben genau – klingt etwas auf, das Anna Seghers später immer wieder gelingt: das Hereinholen des Unbestimmten, ja Mythischen ins ganz Reale.

Unter der Brücke über den Fluss, auf der Jans und die anderen Jungen immer spielten, »kletterten behend die kleinen Knaben herum, die im vorigen Sommer bei diesem Spiel ertrunken waren, ohne es deshalb aufgegeben zu haben«. Auch hier also sind die Toten anwesend bei den Unternehmungen der Lebenden, niemand verwundert es, weder die Jungen noch die Erzählerin, und noch in ihrem bedeutenden Epochenroman »Die Toten bleiben jung« rücken für die Schriftstellerin beide Sphären wie selbstverständlich zusammen. Nicht umsonst sind E. T. A. Hoffmann, Gogol und Kafka die von ihr bewunderten Lehrmeister des Erzählens. Das starke Interesse am Mythischen, das sich durch ihr gesamtes Lebenswerk zieht, verbindet sich bereits hier mit dem präzisen, untrügbaren Blick auf das Alltägliche. Fantastisches und Banales liegen dicht beieinander, das Charakteristische der Seghersschen Diktion prägt sich früh aus.

Am aufregendsten in der Erzählung ist zunächst das, was in den Erwachsenen vor sich geht: Wie die jungen Eltern Martin und Marie Jansen ihre ungestillte Sehnsucht auf das gemeinsame Kind projizieren und doch nicht wagen, ihre Zärtlichkeit wirklich auszuleben – als sei das in ihren Kreisen der armen Leute nicht üblich oder nicht statthaft. Ihr Glück »hatte Flecke und Sprünge bekommen« durch Jans' Krankheit. Plötzlich sehen sie in ihm nur ein »leidendes Tierchen«. Die Eltern quälen sich, doch jeder trägt sein Leid einsam für sich, nicht fähig, sich gegenseitig Trost und Halt zu geben. Dass ihr »schönes glänzendes Kind« so krank geworden ist, kommt ihnen wie eine Schande vor, die man zu verbergen hat. Viel zu früh haben die Eltern das Kind aufgegeben, sich mit dem Schicksal abgefunden – das scheint ihnen die Erzählerin vorzuwerfen, wortlos. Am stärksten leidet der Vater, weil er am wenigsten in der Lage ist, Jans seine Liebe mitzuteilen. Übers Jahr, als niemand mehr damit rechnet und die Eltern ein neugeborenes Kind in den Mittelpunkt ihrer Aufmerksamkeit gestellt haben, kehrt der Junge zu seinen Spielgefährten zurück, geht sogar wieder in die Schule – es scheint, als sei er noch einmal davongekommen. Doch am Ende der Erzählung wird auch Jans zu den toten Knaben gehören. Zuvor aber hatte er noch einmal alle seine Lebensfünkchen in sich sammeln und in einer einzigen großen Tat seine brennende Sehnsucht verwirklichen können, »einen scharfen, nie dagewesenen, weit über das Ziel hinausreichenden Wurf« zu tun. Er setzt sich zur Wehr gegen den Hohn und Spott der Spielgefährten, die ihm nichts zutrauen wegen seiner körperlichen Mickrigkeit: Mit einem Aufbäumen letzter Kraft klettert er unter der Brücke hindurch und kommt oben wieder hervor, die anderen Knaben nehmen es staunend zur Kenntnis: »*Wahrhaftig, da ist er!*« Es ist sein Sieg, auch wenn er ihn schließlich mit Zusammenbruch und Tod bezahlen muss. Aber er hat es geschafft, was einem Menschen vielleicht nur einmal im Leben gelingt und damit seinem noch so kleinen Dasein einen unvermuteten Glanz verleiht.

Anders als seine Eltern will er nicht alles hinnehmen und vorzeitig aufgeben, ohne wenigstens einen letzten Versuch zu unternehmen. Waren die Eltern schon zu sehr abgestumpft vom Elend, hatten sie schon kein Zutrauen mehr in die eigenen Sehnsüchte? Bedurfte es erst des Beispiels ihres kleinen schwachen Jungen, um ihnen vorzuführen, wohin der Mensch durch die Anstrengung seines eigenen Willens gelangen kann? Die Erzählerin findet darauf keine schnellen, einfachen Antworten. Sie will auch nicht ungerecht ihren Figuren gegenüber sein. Sie überlässt es dem Leser, mit dem Erzählten umzugehen.

Manche Motive tauchen hier zum ersten Mal auf, etwa das der Stadt, gelegen am großen Strom. Er verkörpert im Werk der Schriftstellerin immer wieder das Symbol der Sehnsucht, weil er hinausführt ins Meer, ins Weite und Unbekannte. Später werden diese Motive vielfach variiert und entfalten sich in anderen Fällen erst ganz. Schon angelegt ist die soziale Dimension der Erzähltexte von Anna Seghers mit ihrer Fähigkeit, ins Leben einfacher Menschen hineinzuschauen, in ihre Stuben ebenso wie in ihre Gedanken, und durch das genau beobachtete Soziale die mythische Dimension hindurchscheinen zu lassen. In der literarischen Gestaltung von Jans' Ende sind auch Erlösungshoffnungen enthalten, wie sie die junge Frau in der Philosophie des Chiliasmus bei ihrem künftigen Mann Laszlo Radvanyi kennengelernt hat. Der kleine Junge findet zwar den Tod, der ihn jedoch zugleich von seinem Schattendasein erlöst. Lieber einmal etwas Großes erleben, das einen bis auf den Grund erschüttert, als am Rande der Leere und Hoffnungslosigkeit dahinzuvegetieren. Das ist nicht die christliche Hoffnung auf ein Leben im Jenseits, sondern eine auf das Abstreifen der engen Grenzen eines farblosen Daseins. Der Topos der Sehnsucht nach Welt und prallem Leben bestimmt, wie »Jans muß sterben« zeigt, bereits das Frühwerk der Erzählerin. In mancher Hinsicht ist diese Geschichte sogar sinnlicher als andere Texte von Anna Seghers, so in der Art, wie das Kind die schöne junge Frau wahrnimmt, die seine Mutter ist, mit ihrer weißen Haut und den weiblichen Formen. Diese Marie ist die erste in der langen Reihe der Marien-Figuren, wie sie dann in beinahe jedem Prosawerk in irgendeiner Gestalt vorkommen, zart, lebendig und ganz irdisch.

Sehr subtil auch die Figur von Jans' Vater. Er geht Jahre später immer wieder an das Grab seines kleinen Sohnes und findet sich schließlich selber wieder im Bewusstsein, seinen vergangenen Schmerz, seine »alte Verzweiflung« wiedergefunden zu haben. Er empfindet dabei eine brennende Freude und einen wilden Triumph. Auch er, wie wenig später die Figur der Anna in der Erzählung »Grubetsch«, sehnt sich nach »roten, glühenden, leuchtenden Unglücken«. Immer wieder werden sich später die Figuren der Anna Seghers nach einem solchen besonderen Glück oder Unglück verzehren, das sie herausreißen wird aus dem Einerlei eines stumpfen Alltags – so wie ihr kühner, verwegener Jason im »Argonautenschiff«. So mag es auch die junge Netty Reiling empfunden haben, als sie fort wollte aus der Provinz ihrer Heimatstadt und 1925 aufbrach ins Berlin der Weimarer Republik, damals eine Weltstadt der Kultur, wo sie tatsächlich zur großen Künstlerin heranreifen sollte.

Grubetsch

Anna erhob sich wieder, ging ans Fenster und lehnte sich weit hinaus. Es regnete fast gar nicht mehr, in der Pfütze unter der Laterne machten die Regenspritzer kleine Kringel. Am Rand der Pfütze lag der große aufgeweichte Pantoffel.
Was ist das, ein Unglück? dachte Anna. Ist es wie der Hof dort unten und wie das Zimmer dort hinten? Oder gibt es auch noch andere Unglücke, rote, glühende, leuchtende Unglücke? Ach, wenn ich so eins haben könnte!

Am Anfang spüren sie es alle, Männer wie Frauen: Er ist anders, dieser Grubetsch, anders als sie und als alle, die in den Arbeitervierteln der Stadt leben. Er hat mehr Raum um sich, eine Aura von Freiheit, ist ungebunden und allein. Dabei ist seine Gestalt äußerlich eher unscheinbar, klein, auf den ersten Blick nichts besonderes. Doch es geht etwas von ihm aus, das sie alle auf irgendeine Weise erregt. Jeder möchte ihn berühren, möchte von ihm beachtet werden. Die Männer haben den geheimen Wunsch, mit ihm zu gehen, wenn Grubetsch in den Sommermonaten als Flößer auf dem Fluss arbeitet. Er ist unter ihnen nicht eigentlich zu Hause, kommt jedoch in den unwirtlichen Wintermonaten seit Jahren zurück in die Stadt, um dort einige Zeit mit ihnen zu leben. Alle haben sie irgendeinen: Frau, Kind, einen Freund, Zwillingsbruder, eine Wohnung oder wenigstens eine Stube zum Unterschlüpfen. Grubetsch aber nicht. Er ist aller Dinge ledig, schon das macht ihn anders. Er bleibt ein Außenseiter. Auch er ist so einer wie Hull aus dem »Aufstand der Fischer von St. Barbara«, wie der Räuber Woynok oder der sagenhafte Jason – Figuren der Anna Seghers, die durch etwas Außergewöhnliches miteinander verbunden sind, das sie von den gewöhnlichen Leuten unterscheidet. Das gewöhnliche und das gefährliche Leben, das sind die zwei Welten, die sich zwar berühren, aber nicht zur Deckung gelangen. Über Grubetsch nämlich sagt man, wenn er auftaucht: Er ist wieder da, »jetzt wird es wieder ein Unglück geben«. Weshalb aber, das kann keiner erklären.

Anna Seghers beschreibt die Atmosphäre dieser Höfe, der kargen, düsteren Umgebung, in die nur kurze Zeit am Tage Sonnenlicht eindringt. Immerzu hält sich die Feuchtigkeit auf dem zersprungenen Pflaster des Hofes. Die Mauern sind eng, die Räume klein. Munks Schenke unten wirkt dunkel und drückend. Das macht auch die Menschen mürrisch. Woher hat die Erzählerin das? Woher weiß das behütete Bürgermädchen Netty Reiling aus einer Mainzer Kunsthändlerfamilie von diesen Dingen? Sieht sie das selber? Liest sie es oder träumt sie es? Ein ganz und gar unbürgerliches Lebensgefühl, dem die junge Schriftstellerin hier Ausdruck verleiht. Das erstaunt selbst heute noch. Sicher, sie kennt die Stadt am Strom, wo auch im Sommer das Langholz geflößt wird. Sie wird auch während des Ersten Weltkriegs, in den Zeiten der Not, mit Kindern aus Arbeiterfamilien zusammengetroffen sein, um ihnen Hilfe anzubieten. Doch diese Imagination, als sei sie dabeigewesen, die kann nur eine wirklich große Erzählerin vermitteln. Die Freundin Christa Wolf sprach einmal, in dem Buch »Liebes- und andere Erklärungen«, von »jenem Wissen über menschliche Belange, das ihr von Natur aus gegeben ist«.

Unter den Bewohnern des Hinterhofes, in dem die Geschichte spielt, ist das Mädchen Anna, erst fünfzehnjährig, dünn und blass.

Sie wohnt bei ihrem Bruder Martin, einem Arbeiter, und seiner Frau Marie. Noch hat sie nichts erlebt, alles liegt noch vor ihr an Wünschen, Hoffnungen oder auch Enttäuschungen. Sie ist offen für alles, das auf sie zukommen wird. Lieber würde sie eines dieser *glühenden, leuchtenden Unglücke* erfahren als für immer das gewöhnliche Leben eines stumpfen Alltags. Sie denkt nur jedesmal, »ich möchte, ich möchte« – was aber, das weiß sie noch nicht. Schon hier, in den zwanziger Jahren, beginnt, was immer wiederkehren wird in den Texten von Anna Seghers: Die Frauenfiguren tragen die Namen Marie und Anna. Die mütterliche Marie vor allem ist ein Grundmuster ihres Erzählens. In mehr als zehn Erzähltexten heißen ihre weiblichen Gestalten Marie, und auch Anna kommt immer wieder vor. Natürlich liegt auch hier die Tradition des christlichen Mythos nahe, der neben Maria deren Mutter Anna kennt. Damals, als die Erzählung entstand, hatte sich die Schriftstellerin noch gar nicht den Vornamen Anna gegeben. Vielleicht wählt sie ihn dann für sich selbst, als die Kritiker in der Presse davon ausgehen, der 1928 mit dem Kleist-Preis ausgezeichnet junge Autor sei ein Mann. Dann erst, nachdem schon ihr erstes Buch unter dem Autoren-Namen Seghers erschienen war, entscheidet sie sich für den Vornamen Anna.

Annas Bruder Martin bringt Grubetsch eines Tages mit hinauf in die kleine Wohnung, lädt ihn zum Essen ein, zum Bleiben. Martin wünscht es sich und fürchtet zugleich, Grubetsch könnte ihn beachten: »Das ist der Grubetsch, dachte Martin, wenn er sich herumdreht, spreche ich ihn an, ach, würde er sich doch nicht herumdrehen.« Instinktiv spürt er, dass Grubetsch für ihn etwas Schicksalhaftes bedeutet. Und dann dreht er sich wirklich zu ihm um. Grubetsch also kommt mit Martin hinauf, er scheint nicht mehr fremd. In seinen Augen, das fällt auf, blitzen kleine Punkte der Freude. Selbst Marie ist mit dem ungewöhnlichen Gast einverstanden. Was er aber sagt, was er ihnen rät, macht ihnen auch wieder Angst. So meint er zum Beispiel über das Schwesterlein Anna, wenn ich so ein Kind wäre, ich wüsste, was ich täte: »Eines Nachts, mir nichts, dir nichts, würde ich davonlaufen.« Das ist nicht das, worauf sie ihr Leben gründen, die Leute im Hof. Martin ist einer, der sich lieber alles genau einteilen will. Er hat seine Arbeit, die er nicht verlieren darf. Grubetsch erschüttert ihre geregelte Ordnung, wenn sie auch ärmlich ist.

Grubetsch dringt dann in Martins Familie ein und zerstört sie. Erst nimmt er sich Anna. Er holt sie zu sich in den winzigen Treppenverschlag, wo er haust. Warum nur ist das junge Mädchen ihm so wehrlos verfallen? Voller Furcht und gleichzeitig erfüllt von einem unstillbaren Sehnen, glaubt sie in diesem Mann ihre Liebe gefunden zu haben. Er ist anders als alle, die sie kennt. Einmal sagt sie gar – beinahe wie Gretchen, die das Böse spürt, selbst in der Begegnung mit dem einen, den sie liebt, Faust –: »Böse bist du, Grubetsch, geh weg.« Einen kurzen Winter über geht das so. Dann, von heute auf morgen, muss es Martins Frau sein, die lebenssprühende Marie. Daran geht Martin zugrunde, genau wie die Schwester. Auf wen immer Grubetsch trifft, mit wem er sich einlässt, wen er zu ermuntern scheint, ihm zu folgen – sie alle gehen daran kaputt. Der kleine Sohn der Witwe Sebald ebenso wie vor ihm dessen Vater und noch viele. Dabei macht Grubetsch gar nichts weiter. In seiner Existenz allein liegt die unheimliche Wirkung. Keiner kann sich ihm entziehen. Die Erzählerin selbst muss von ihrer Figur fasziniert gewesen sein. Etwas Teuflisches haftet diesem Kerl an, und vielleicht denkt auch Anna Seghers dabei an ihren rothaarigen Chatchat rouge aus der »Legende von der Reue des Bischofs«, die sie etwa ein Jahr zuvor geschrieben hatte. »Da ist noch was an ihrer Stirn, das muß ich haben«, denkt er sich, als er noch einmal auf die verlassene, verzweifelte Anna trifft, »und da ist noch was in ihrem Leib, das muß weg, das gehört mir.« Hat sie es nun bekommen, eines dieser *roten, glühenden, leuchtenden Unglücke*? Warum sollte das für ein Mädchen wie sie denn besser sein als ein gewöhnliches Leben?

Irgendwann aber schlägt die Stimmung um. Man fragt sich, ist Grubetsch fort, ist er schon zurück, »wann wird er mal endlich fahren, der Hund«? Man fragt sich auch: Wer wird der nächste sein, den Grubetsch ansieht? Die Angst wächst heran, die doch früher nur eine unbestimmbare Erregung war. Das Unheimliche breitet sich aus.

In Munks Kellerkneipe sitzen die Leute des Hofs oft zusammen. Dort wärmen sie sich und lauschen der wilden Musik der Harmonika. Andere Freuden gibt es nicht viele. Am Ende wollen sie Grubetsch loswerden. Er ist ihnen nicht geheuer. Er ist ihnen über – und sie wissen nicht warum, wodurch. Schließlich begehen sie einen kollektiven Mord, der vertuscht und verschwiegen wird, so wie in den Höfen keine Sache je wirklich ausgesprochen wurde. Bis zuletzt ist ihnen nicht klargeworden, wer da eigentlich in ihre Mitte eingedrungen ist und was ihm diese Macht über alle anderen gibt, sie in ihr Schicksal zu stoßen. Vielleicht ist er ja selber nur ein armer, einsamer Mensch.

Das Böse ist in diesen Höfen zu Hause, Neid, Missgunst, Verrat; aber auch die nackte Armut und ein Stück Trostlosigkeit, das die Boshaftigkeit erst entstehen lässt – die oft vergebliche Hoffnung darauf, dass es besser werden möge.

Aufstand der Fischer von St. Barbara

Andreas hörte noch mal »Halt!«, er rannte noch schneller, er hörte auch einen Knall, das war wie ein Händeklatschen: Weiter – er rannte –, Andreas war schon umgefallen, hatte sich schon überkugelt, war in den Steinen hängengeblieben, das Gesicht unkenntlich zerschlagen – aber etwas in ihm rannte noch immer weiter, rannte und rannte und zerstob schließlich nach allen Richtungen in die Luft in unbeschreiblicher Freude und Leichtigkeit.

Andreas hätte sich in Sicherheit bringen können, aber er tat es nicht. Die jungen Männer bei Anna Seghers bringen sich nie in Sicherheit. Sie sind zum Abenteuer bereit und setzen auf die Karte des Glücks. Der junge Fischer Andreas Bruyn ist auch einer von denen, die lieber ein erregendes Schicksal auf sich nehmen wollen, als sich zu retten in eine zweifelhafte Sicherheit. Andreas wird gesucht. Als die Soldaten auf ihn schießen, versteckt er sich schon seit einiger Zeit in den Klippen am Meer. Er weiß, es hat eigentlich gar keinen Sinn fortzulaufen, und doch ist es gut, einfach etwas zu tun, sich zu bewegen, zu rennen. Wie er da, von dem Schuss zerfetzt, plötzlich in zwei Existenzen zerfällt, das ist ganz die besondere, unvergleichliche Erzählkunst der Anna Seghers: Sein körperliches Dasein, bereits zerstört, ist an ein Ende gekommen. Nicht aber das psychische Sein. Es ist seine Seele, die da weiter rennt, es ist *etwas in ihm*, das läuft und läuft. Beinahe ist man versucht zu denken, ein Glücksgefühl habe ihn ergriffen, diesen Jungen, dem – zwar tödlich getroffen – doch etwas Großes, Unerhörtes zustößt, das andere nicht haben. Und das löst in ihm eine unbeschreibliche Freude und Leichtigkeit aus. Wieder ist es solch ein rotes, glühendes, leuchtendes Unglück, das sich schon die Figur der Anna aus »Grubetsch« gewünscht hatte. Lieber einen ungewöhnlichen Tod, so empfindet auch Andreas, als ein endloses Dahinleben in Elend und Freudlosigkeit. Dabei haben diese Figuren etwa nichts Lebensabgewandtes, gar Todessüchtiges. Sie sind auch keine Fatalisten. Aber ihr Leben und Sterben erhält durch solch ein außergewöhnliches Ereignis, solch ein »Unglück«, etwas, das sie heraushebt aus der Masse der vielen anderen, grauen, glanzlosen Existenzen.

Die Erzählung »Aufstand der Fischer von St. Barbara« ist das gedruckte Erstlingsbuch von Anna Seghers. Sie schreibt sie 1928 und reicht sie zusammen mit »Grubetsch« zum Kleist-Preis ein. Der renommierte Literaturpreis wird ihr von Hans Henny Jahnn im November 1928 für diese beiden Prosatexte zuerkannt.

Wie schon in »Die Toten auf der Insel Djal« ist der fiktionale Schauplatz eine Insel im Nordatlantik mit Anlehnung ans Holländische. Zugleich lässt die Autorin bewusst offen, wo dieses St. Barbara liegt – manches an der Wahl der Namen würde wiederum eher auf südliche, vielleicht gar mittelmeerische Gefilde hindeuten, Port Sebastian oder die Margareteninsel. Aber gerade dieses In-der-Schwebe-Halten von Ort und Zeit der Spielszene verleiht der ganzen Erzählung einen Hang ins Unbestimmte, ja Mythische. Das Historische verbindet sich mit dem Sagenhaften. Dazu trägt vor allen Dingen gleich zu Beginn des Textes die Mitteilung bei, der Aufstand der Fischer von St. Barbara habe mit einer Niederlage geendet, bessere Bedingungen für ihre Arbeit haben sie nicht durchsetzen können. Und dann folgt jener legendäre Satz, der bei vielen Seghers-Lesern einen beglückenden Wiedererkennungseffekt auslöst: »Aber längst, nachdem die Soldaten zurückgezogen, die Fischer auf der See waren, saß der Aufstand noch auf dem leeren, weißen, sommerlich kahlen Marktplatz und dachte ruhig an die Seinigen, die er geboren, aufgezogen, gepflegt und behütet hatte für das, was für sie am besten war.«

Der personifizierte Aufstand also verlässt die Seinen nicht, auch wenn es für diesmal keinen glücklichen Ausgang gibt. Doch er bleibt gewissermaßen bei ihnen, unter ihnen, und kann jederzeit, wenn eine günstigere Ausgangslage besteht, sie erneut in den Kampf führen. Eine Niederlage, die dennoch in die Hoffnung mündet.

Und da ist Hull. Der Mann, der von außerhalb auf die Insel kommt, eine Art Berufsrevolutionär, der die Idee des Aufstands zu den Fischern trägt. Denn diese können mit ihren Familien kaum noch vom Ertrag ihrer schweren Arbeit auf See überleben. Die Not ist so groß, der Protest erscheint als einziger Ausweg, und er führt zum Aufstand. Hull ist dazu da, den Fischern ihre eigene Lage bewusst zu machen, sie zu motivieren und ihnen eine Perspektive überhaupt erst sichtbar zu machen. Er mischt sich unter sie, lebt einige Monate mit ihnen, teilt ihre Erfahrungen. Den jungen Andreas zieht er sich heran als einen Schüler – um nicht zu sagen: Jünger – und überträgt seine Aktivität auf ihn. Zwischen den beiden Männern besteht eine besondere Art von innerer Spannung aus Zuneigung und scheuer Zurückhaltung. Was der eine ist, könnte der andere einmal werden. Gefühle zu zeigen aber passt nicht in ihre Welt der rauen Männer. Die kann Andreas nur den Kindern von Marie Kedennek gegenüber zeigen – und der jungen Marie, die für die Fischer im Hafen da ist und zu seiner ersten Liebe wird.

Andreas ist eine Figur, die die Schriftstellerin sogar noch stärker interessiert als der Anführer Hull. Während dieser, als er nach St. Barbara kommt, bereits ein fertiger Mensch ist, erfahren und abgeklärt, entwickelt sich Andreas erst noch. Sein Onkel, der Fischer Kedennek, hatte den Jungen nach dem Tod seiner Eltern zu sich genommen, obgleich die Familie mit den vielen hungrigen Mäulern schon ohne ihn zu wenig hat. Andreas war ein Stiller, der nicht viel

Aufmerksamkeit beanspruchte. Ein Schatten, so heißt es über ihn, machte seine Bewegungen weicher, seine Worte leiser, als drückten ihn die Sorgen, die er über die Familie brachte. Bei der Arbeit war er fröhlich, ruhig und anstellig. Er ging meistens allein und hatte immer den Weg durch die Klippen genommen. Mit einem einfachen Satz charakterisiert die Autorin ihn am allerbesten: »Er hatte solche Lust nach Freude.« Das ist für Anna Seghers ein entscheidendes Bekenntnis: Man kann ohne Freude nicht leben. Schon in ihrem einzigen, frühen Tagebuch 1924/25 notiert sie für sich selber, als eine sehr persönliche Haltung zur Welt: »Und ich brauch doch so schrecklich Freude ...«. Andreas war noch ganz jung und ungeformt. Marie, das Hafenmädchen, erst macht ihn zum Mann. Sie nimmt ihn, nachdem sie zuerst eine kurze Sache mit Hull angefangen hat. Wieder eine der zahlreichen Marien-Figuren der Erzählerin. Diese hier von St. Barbara, die Liebste von Andreas, »war so rund und braun wie eine Nuß und roch auch so«.

Als dann aber die Fischer in den Streik gegen die erbarmungslosen Reeder treten, ist Andreas ganz und gar dabei. Dreifünftel Anteil am Fang, so die Forderung der Fischer, vernünftig und gerechtfertigt. Und als unerwartet der Vater Kedennek tot ins Haus gebracht wird, ist aus dem sonst eher träumerischen Andreas eine Kämpfernatur geworden. Hull hat jetzt in der Hütte der Kedenneks Quartier genommen. In ganz seltenen, kostbaren Augenblicken legt er seinen Arm um Andreas' Rücken. Dann rücken die beiden Männer auch körperlich zusammen. Wie auf ihrem gemeinsamen Weg in die Nachbardörfer Wyk, Elnor und Blé, um auch dort die Fischer zum Aufstand anzustacheln und zu einer gewaltigen Aktion zu vereinen. Auf dem nächtlichen Rückweg nach St. Barbara, durchnässt und übermüdet, berührt Andreas beim Einschlafen Hull mit der Schulter, lehnt sich an ihn. »Er glitt leicht auf Hulls Seite.« Damit scheint etwas auch in ihn überzugehen vom großen, bewunderten Hull.

Andreas ist es, der bei dem Unglück der »Marie Farère«, dem Schiff der Streikbrecher, die Hand im Spiel hat, er ist der Auslöser der Sabotage. Danach geht er in die Klippen hinunter und denkt, sie werden ihn ja wohl bald finden und aufhängen, aber zwei, drei Wochen wird er sich vielleicht halten können, wenn keine Springflut kommt. In dieser Zeit kommt sein Mädchen Marie manchmal zu ihm, bringt ihm ihre Liebe und ein paar Lebensmittel. Doch lange hält er es nicht aus. Der Gedanke, dass sich gerade jetzt im Dorf etwas Wichtiges ereignen könnte, was er versäumen muss, setzt ihm zu. Also gibt er seine Deckung auf und bringt sich eben nicht in Sicherheit.

Als Andreas erfährt, dass die Männer sich zur baldigen Ausfahrt sammeln, dass also der Aufstand der Fischer endgültig aufgegeben ist, da spürt er in sich den unbezwingbaren Drang, unbedingt etwas zu tun. Er weiß nur: »die sollen nicht ausfahren«! Er zeigt sich offen im Dorf, und dann haben sie ihn. Für diesen Jungen jedoch die einzige Alternative: handeln, nicht sich ducken und verstecken. Und er läuft zurück in die Klippen, er läuft und läuft, und etwas läuft noch immer in ihm weiter, als er schon niedergeschossen auf den Steinen liegt … Die *Leichtigkeit*, die er im Sterben fühlt, ist verwandt jener Bereitschaft zum Untergang, die den sagenhaften Jason im »Argonautenschiff« am Ende den Tod suchen lässt.

Der letzte Mann der »Höhle«

Wie unbestechlich auch seine Verachtung sein mochte, wie verschwommen seine Wünsche, wie armselig sein Körper, an diesem Abend erschien die Küste, das Meer, die umgebenden Berge, sogar der einsamste, bei Tag unsichtbare, jetzt aber bereits von der untergehenden Sonne gleichsam von hinten erleuchtete Berg, der Gipfel des Monte d'Oro selber, wie Kulissen, die man um ihn herumgeschoben hatte, um den Ort herzustellen, auf dem er seine Handlungen abspielen konnte.

Die fantastische Imagination lässt ein Panorama entstehen, in dem eine Geschichte ihren Lauf nehmen könnte, die so ganz nach dem Geschmack der Erzählerin ist. Sie hat den Blick für Bilder, für Farben und Motive. Und sie hebt den Blick auf die beleuchteten Berge. Wer ist der Mann, und welche Handlungen sollte er *abspielen* wollen?

Groß die Natur, darin der kleine Mensch in seinen engen Grenzen. Korsika, ein abgelegener Ort in den Bergen, irgendwann in den Jahren nach dem Ersten Weltkrieg. Der Mann, übriggeblieben als Letzter von einer Art freier Kommune, weist mit dem Arm in einem großartigen Schwung über die Landschaft, als sei das alles sein Eigentum. Er zeigt sie den Gästen, unter denen die Erzählerin sein muss, denn es heißt, er führte uns auf den höchsten Punkt seines Bergrückens. Die Gipfel der Berge wie eine Kulisse, extra für ihn und für nichts sonst aufgestellt, als seien sie nur für *seine Handlungen* gedacht. Hat er das nötig? Kann er nicht einfach mit seiner Arbeit Eindruck machen?

B., ein Arbeiter aus dem Rheinland, war mit anderen Gleichgesinnten auf die Insel gekommen, um ein gänzlich anderes Leben auszuprobieren. Er hatte seinen kleinen Besitz verkauft, Frau und Kinder mitgenommen und war ausgewandert. Da zieht einer in die Welt – besessen von der Idee, ein »ungewöhnliches Leben« zu führen. Ein junger Doktor aus Berlin hatte Anhänger für seine Vorstellungen gesucht, »ein Gemisch von Nietzsche, Eigentums- und Frauengemeinschaft«. In der Mulackstraße, einer Armeleute-Gegend, hatte alles begonnen. So war die »Höhle Zarathustras« gegründet worden. Nach dem verlorenen Krieg, als alles in Scherben lag, das Kaiserreich versunken und auch die junge Republik eher blässlich und schwach, waren mancherlei Experimente erdacht worden. Kaum einer fragte sich, ob das in der Praxis funktionieren würde. Abenteuerlust und Träume stiegen aus den Trümmern auf. Wichtig war ihnen nur, ihr Leben anders, ganz anders zu organisieren. Frei wollten sie sein von Zwängen, verschlissenen Normen und von Konventionen jeder Art. Nun richten sie ihre Existenz auf der Insel ein, doch sie ist nicht das ersehnte Paradies. Andere Nöte und Kümmernisse stellen sich ein, an die keiner zuvor gedacht hat. Sie bewirtschaften ihr gemeinsam erworbenes Land, Wein und Oliven wachsen, noch könnte alles gut gehen. Doch Sümpfe und faules Wasser setzen ihnen arg zu. Das Klima ist nicht wie in der Heimat. Die Deutschen sind für die Landarbeit in den glühend heißen Sommern nicht gemacht. Die Malaria macht ihnen zu schaffen und rafft viele von ihnen hinweg, vor allem die Kinder. Was sie zu Hause länger hingeschleppt hätten, richtet die Krankheit in einem einzigen Sommer an. Dieses vermaledeite Fieber ist stärker als ihre Idee. Dann gehen alle wieder fort, bis auf diesen einzigen, besonders Zähen. Sein »ungewöhnliches Leben« will er sich so schnell nicht zerstören lassen. Arbeitsam ist er, fleißig, verbissen in sein Ziel. Eine geheime Sehnsucht lässt ihn durchhalten. Und der Triumph, es diesem gelehrten Doktor zu zeigen. Mein Gott, da hat man einmal die Chance, die eigenen Vorstellungen zu verwirklichen – und dann das! Zum Aufgeben ist er nicht der Mann. Es ist die »Kraft der Schwachen«, die sich in seinem *armseligen Körper* durchsetzt und die Anna Seghers später als Titel für einen ganzen Zyklus von Erzählungen symptomatisch erscheint.

Die Frau hatte sich bald getrennt, sie arbeitet in einem tiefer gelegenen Ort im Gasthof. B. bemüht sich nicht einmal, seine Frau für die verrückten Pläne zu gewinnen. Sie ist enttäuscht und wütend auf die Höhlengemeinschaft, die »alles verschluckt hatte, ihr gutes Geld, ihre ehelichen Freuden, ihre sieben Kinder«. Aber sie ist eben doch eine Mutter, wie alle Mütter es sind. Am Ende kann sie die Ihren doch nicht sich selbst überlassen. Was schließlich aus der Familie wird, bleibt außerhalb der Erzählung. Doch die großartige Kulisse der korsischen Berglandschaft gibt dem Menschen Raum für Künftiges. Alles scheint möglich.

Sagen von Artemis

Er drehte sich langsam nach ihr um, die hinter ihm stand. Man kann wohl sagen, daß er sie zum zweitenmal ansah. Sein erster Blick hatte ja lange genug gedauert. Sie war, wie sie immer gewesen war, schön und ruhig, wenn auch eine Spur zu jung, eine Spur zu zart, um sofort zu heiraten. Da erkannte er sie. Er fiel vor ihr nieder. Es war aber ein Niederfallen, von dem man nicht mehr aufsteht.

Sie ist es – Artemis, die keiner erkennt. Die Geheimnisvolle, Außergewöhnliche. Die Göttin. In der Geschichte, entstanden 1937 in Paris, verleiht ihr die Erzählerin irdische Gestalt: Sie betört jeden, der sie sieht, doch kaum einer erkennt sie. Und wenn er ihrer gewahr wird, ist es seine Schicksalsstunde.

Im Süden Frankreichs, in der Region um die Stadt Arles an der Rhône, gibt es die Legende von l'Arlesienne, der Arleserin: Die Frau, die man immer erwartet und die nie kommt. Es ist möglich, dass Anna Seghers diese Überlieferung kannte und einen Hauch davon mit hinein nahm in ihre Artemis-Gestalt. Alphonse Daudet hat in seine »Briefe aus meiner Mühle« eine Episode »L'Arlesienne« aufgenommen (ein Band des französischen Originals steht in der Bibliothek der Schriftstellerin), als Ballett wurde sie von George Bizet komponiert.

Die Jäger sitzen beisammen am Feuer in der Waldschenke, und wie so oft in solchen Stunden erzählen sie sich gegenseitig ihre Geschichten. Ihre Hunde liegen schläfrig zwischen ihnen, die Schnauzen auf den Knien und Füßen der Männer. Da fragt der Jüngste unter ihnen den alten Jäger, was bisher keiner gewagt hat: Ist es wahr, was behauptet wird: Du hast sie wirklich einmal gesehen? Der alte Jäger, der jahrelang kaum ein Wort spricht, ringt mit sich, sein Geheimnis preiszugeben. Dann fängt er auf einmal an, den Kameraden alles genau zu erzählen, wie es damals gewesen war, an jenem Tag im Wald, als sie den Jagdzug vorbereiteten. Er hat sie zuerst gar nicht selber bemerkt. Nur an dem glühenden Blick, mit dem der Knabe, den sie erstmals zur Jagd mitgenommen hatten, auf etwas schaut, erkennt er, dass etwas nie Gesehenes hinter ihm sein muss. Es war ein Blick, als sähe der etwas, was man sich nicht einmal im Traum vorstellen kann. Er dreht sich um und sieht sie. Sein Leben lang hatte der alte Jäger alles getan, um ihr einmal, nur ein einziges Mal leibhaftig zu begegnen. Er hatte gefleht und gehofft. Fast ist er eifersüchtig auf den Jungen, der zum ersten Mal dabei ist und gleich dieses unvorstellbare Glück hat. Nun plötzlich ist sie da, ohne Worte, ohne große Gesten: »Sie sah so aus, daß sie bei uns vollkommen sicher gewesen wäre, auch wenn sie keine Göttin gewesen wäre, sondern nur ein gewöhnliches Mädchen. Auf geraden Schultern den schmalen, zarten Hals, in ihrem Gesicht die Ruhe vollkommener, unverletzbarer Sicherheit.« Ein ungeheurer Vorgang – im Wortsinne: Es ist ihnen nicht geheuer. Doch die Männer haben auch keine Furcht. Sie reden untereinander weiter wie bisher. Und ebenso lautlos, wie sie gekommen war, ist sie wieder verschwunden. Der Knabe allerdings, dem sie als erstem erschienen war, findet noch am selben Tag seinen Tod. Durch einen Unglücksfall trifft ihn gerade die Kugel des alten Jägers, der die Göttin erst im Blick des Knaben erkannt hat. Artemis greift in das Leben derjenigen ein, die ihr nahe kommen. Später ist sie dem alten Jäger nie wieder begegnet. So etwas geschieht einem Menschen nur einmal im Leben. Er weiß genau, er ist ein Auserwählter, denn den meisten erscheint sie niemals. Er spürt deshalb zeitlebens eine starke Freude in sich.

Während die Runde der Jäger am Feuer sitzt, ist die neue Magd der Wirtsleute beschäftigt, Rosshaar für den Bettsack der kranken Wirtin zu rupfen. Gerade erst vor einem Tag war sie angekommen. Sie arbeitet wortlos und geschickt. Als sie fertig ist, stellt sie sich zu den Jägern ans Feuer und hört ihren Erzählungen zu. Der junge Jäger, betört von ihrer Nähe, ihrer jugendlichen Frische und Anmut, beginnt plötzlich selber zu erzählen, nur damit sich kein Schweigen ausbreitet und das Mädchen nicht weglaufen möge. Er erzählt vom Wächter auf der Stadtmauer, der tagaus, tagein den Frauen und Mädchen beim Waschen ihrer Wäsche im Fluss zusieht. Er ist noch ziemlich jung, hat jedoch keine Frau. Als er einmal eine junge, besonders schöne Magd beobachtet, die einem ganz dünnen, noch zu schwachen Mädchen die schwere Arbeit des Waschens im eisigen Wasser abnimmt, ohne zu klagen, ohne auch nur eine Anstrengung zu zeigen, da weiß er genau, diese eine will er haben, keine sonst. »Sie war anders als alle, die er je waschen gesehen hatte.« Er wirbt um sie, er fragt sie jeden Abend, und jedes Mal weist sie seine Werbung zurück, entschieden, doch so, dass sie ihm stets noch eine kleine Hoffnung offen lässt. Endlich, nach vielen vergeblichen Versuchen, will er die Entscheidung erzwingen. Und da, plötzlich, muss der Wächter erkennen, wie alles sich verändert hatte in der langen Zeit: Nicht nur die Jahreszeiten waren ins Land gegangen, auch die Stadt selber sah jetzt anders aus, ohne dass er es bemerkt hätte, eine Brücke spannte sich über den Fluss, die er nicht kennt, neue Türme waren entstanden. Und er selber war gealtert – er wusste nicht wie: Auf einmal hat er weißes Haar, runzlige Haut, sein Leben ist unbemerkt verflossen. Er ist ein alter Mann. Beinahe so wie in Franz Kafkas Geschichte »Vor dem Gesetz« ist ihm sein Leben im Warten dahingegangen. Und nun, da er sich am Ziel wähnt, ist es vorbei. Er hatte sein Glück nicht zu packen vermocht. Keiner hätte das gekonnt. Und so ergeht es allen Menschen, die glauben, sie erringen zu können. Sie bleibt die Ungreifbare. Die Göttin der freien Natur. Als Traumgestalt ist sie in den Erzählungen der Menschen anwesend, als reale Person unter ihnen erkennen sie sie nicht.

Artemis, in der Antike verehrt als die Mondgöttin der Amazonen, ist auch die Göttin der Jagd. Im kleinasiatischen Ephesus wurde sie unter dem lateinischen Namen Diana oder »Göttin Anna« verehrt. Uralte Überlieferungen sind mit der Erscheinung der nährenden, Fruchtbarkeit spendenden Göttin verbunden, die der Natur in ihrem immerwährenden Jahreslauf stets von neuem Kraft und Segen spendet. Es sind ihre Wälder, in denen die Männer jagen. Es sind ihre Fluren und Felder, über die sie ihre schützende Hand hält. Die Hunde in der Erzählung, die beim Nähertreten der Magd nicht anschlagen, nicht unruhig werden, ja nicht einmal aufsehen – es sind ihre Hunde, die der Mythos der Göttin der Jagd zuschreibt. Es ist eine dunkle, geheimnisvolle Geschichte, die Anna Seghers da schreibt. Und doch ist sie wiederum hell von dem Leuchten, das von Artemis auf die Menschen ausstrahlt. Wer sie einmal sieht, wird erfüllt von einer überwältigenden Freude. Die Faszination bei einer Begegnung mit ihr überträgt sich auf den Leser. Am Ende ist es das Leuchten des Mythos, das uns erreicht.

Das Mädchen in der Waldschenke geht auf den Befehl des mürrischen Wirtes am Abend hinaus, Wasser vom Brunnen zu holen. Man hört die Kette rasseln, man hört noch ihren Eimer aufschlagen. Dann ist Stille. Die Welt draußen erscheint wie verstummt. Den Männern stockt das Herz. Und dann dringen auf einmal neue Geräusche an ihre Ohren. Vor der Schenke ist jemand, der sich an der Tür zu schaffen macht. Und jetzt schlagen auch die Hunde an. Herein tritt eine ältere Frau und sagt: »Ich bin die neue Magd.« Alle starren sie an. Um aber ihr verspätetes Eintreffen zu begründen, sagt sie, ihre bisherige Herrin sei einen Tag zu früh ins Kindbett gekommen, sie habe sie doch aber nicht im Stich lassen wollen. Von nun an übernimmt sie alle Arbeiten im Haus. Als erstes holt sie den bereits gefüllten Wassereimer vom Brunnen. Wie selbstverständlich bereitet die Erzählerin den Leser darauf vor, dass sie nun verschwunden ist, die Göttin, das Mädchen in der Schenke. Im Wald draußen, weit entfernt schon, hören die Jäger nur noch zwei langgezogene Pfiffe, die ihre Herzen erbeben lassen. Der Wald rauscht, wie ein letztes Zeichen dafür, dass sie bei ihnen gewesen ist, mitten unter ihnen – und sie haben sie nicht erkannt. Artemis ist wieder in die Natur eingegangen.

Sie versteckt sich nicht, sie verleugnet sich nicht, aber sie verbirgt ihre Identität. Auch in dieser Erzählung scheint die Situation des Exils durch den Untergrund des Textes hindurch. Warum es ausblenden: Anna Seghers selber möchte nicht erkannt werden als die, die sie ist. Gestapo-Spitzel sind auch vor Kriegsausbruch in Paris unterwegs. Im Schutz des Namens Radvanyi lebt sie in Bellevue-Meudon vor den Toren der Stadt. Es ist der Name ihres Mannes, ihrer Kinder, der Familie. In ihn geht sie ein wie Artemis in ihre Wälder.

Die schönsten Sagen vom Räuber Woynok

Die Mutter sagte zu dem Mädchen: ›Nimm den Jäger – denn er hat seine Flinte, nimm den Händler – denn er hat seinen Kasten mit Äpfeln, Schnürsenkeln und Heiligenbildern. Nimm den Köhler – denn er hat seine Hütte, aber den Wolf kannst du nie nehmen.‹
Als das Jahr um war, wer saß in Revesch vor der Kirchentür? Das Mädchen. – Was hatte es in sein rot und grün gewürfeltes Tüchlein gebunden?
Der Pfarrer sagte zu dem Mädchen: ›Alle Arten Kinder kann man taufen, aber Wolfskinder kann man nicht taufen.‹
Da weinte das Mädchen und ging zurück in den schwarzen Wald von Doboroth.

Anna Seghers lebt in der Emigration in Paris, im Angesicht der Gefahr, und sie schreibt Märchen und Sagen. Verwundert das? Glaubt man, in politisch harten Zeiten könne der Schriftsteller nur über die politisch eindeutige Parteinahme schreiben? Sie hat aber einmal etwas darüber gesagt, was ihr der Fantasiereichtum von Märchen bedeutet, und wenn man das weiß, erklärt sich leicht ihre Stoff- und Themenwahl im Exil: »Das, was mich heute erregt, und die Farbigkeit von Märchen – das hätte ich gern vereint und wusste nicht wie«. Hier in der Geschichte vom Räuber Woynok wusste sie es durchaus, und es ist ihr eine der schönsten, seltsamsten und vieldeutigsten Erzählungen gelungen, die ihr Werkkomplex kennt.

Die »wundersame, gewaltige Melodei«, von der Heine im Lied von der Loreley singt und über sie sagt, sie ergreife diejenigen, die sie hören, »mit wildem Weh«, die fällt einem ein, wenn man das Lied des Mädchens mit dem Wolfskind vernimmt. Vielleicht ist diese Assoziation sehr kühn; aber ich stelle mir vor, auch Anna Seghers ist sie eingefallen in der Fremde, wenn sie an Deutschland dachte und an ihren Lieblingsdichter Heinrich Heine.

Dieses Lied, das die Räuber nachts am Feuer singen, ist die Geschichte in der Geschichte. Es ist ein Motiv in den Märchen vieler Völker: die Schöne und das Tier; die unmögliche, die unlebbare Liebe. Und nur zuweilen, in seltenen Momenten des Glücks, gelingt die Rückverwandlung des Tieres in seine menschliche Gestalt. Doch eigentlich dreht sich die Erzählung um den jungen Räuber Woynok, der, im Gegensatz zur Räuberbande des alten Gruschek, »immer allein raubte«. Ein Einsamer also, ein Einzelgänger. Er hat niemanden und will niemanden haben, auch kein Mädchen. Warum, das gesteht er selbst: Er hat den Verrat erlebt. Den Verrat in seiner schlimmsten Form, nämlich von dem Menschen, den man gern hat und dem man vertraut. Einmal gab es ein Mädchen in seinem Leben, das erst mit dem einen, dann mit Woynok ging, aber bald den einen an den anderen verriet und schließlich beide an einen dritten. Von nun an traut Woynok keiner menschlichen Bindung mehr. Er ist einer, der allein alle Fährnisse besteht und am Ende allein zugrunde geht.

Dieser junge Mann Woynok hat ein Charisma, das man nicht erklären muss: Alle, die ihm begegnen, werden von seiner Ausstrahlung berührt. Ihn umgibt die Aura des Besonderen, Außergewöhnlichen, dem alles gelingt. Die Erzählerin setzt einfach voraus, dass jeder schon von ihm gehört habe. So wie eine Legende, die durch das Volk geht, heißt es von ihm, seine Taten seien so oft erzählt worden, »daß man es nicht wiederholen muß«. Seine Raubzüge durch die Berge, durch die Klöster und die Feiern der reichen Bauern sind Abenteuer, von denen Schrecken, aber auch Faszination ausgehen. Der Räuberhauptmann Gruschek, der das Alter nahen und seine Kräfte abnehmen fühlt, bietet dem legendären Woynok an, an seiner Statt die starke Räubertruppe zu führen. Er kann Woynok nicht verstehen, der schroff ablehnt. Der bleibt der Andere, seine Sehnsucht ist nicht die von jedermann. Woynok trägt auch sichtbar das Zeichen der Einsamkeit: Seine Augen waren von solcher bläulichen Durchsichtigkeit, als würden sie keinen einzigen unerfüllten Wunsch verbergen.

Doch dann kommt ein Winter, da kein Einzelner allein in den Wäldern der Prutka überleben kann, auch ein Woynok nicht. Er wird von Gruscheks Leuten gerettet, gepflegt und versorgt. Eine Erfahrung, die jeden anderen umgestimmt hätte. Nicht jedoch Woynok. Nur jenes Lied von dem Mädchen mit dem Wolfskind lässt ihn nicht kalt. Warum soll ich mir ihre Lieder nicht anhören, denkt er, es sind ja Räuberlieder. Warum soll ich nicht an ihrem Feuer liegen, es ist ja ein Räuberfeuer. Diesem Mädchen, das nur im Lied da ist, trauert er als einzigem nach. Von ihr stellt er sich vor, wie ihre langen braunen Zöpfe schlenkern, wie ihr helles, bleiches Gesicht ihn anblickt. Die Einsamkeit dieses Mädchens ist auch seine Einsamkeit. In ihrer Trostlosigkeit erkennt er sich wieder. Wie sie hat er niemanden, mit dem er lebt. In dem Lied spiegelt sich in märchenhafter Form, in weiblicher Gestalt, seine Geschichte, das Schicksal des einsamen Wolfs. Dieses kleine Lied nur kann ihn erreichen. Die Worte und Bitten der anderen, der Räuber, prallen an ihm ab. Das klägliche I-i-i-i der Ziehharmonika dringt durch die Wände seines verhärteten Herzens. Es *dringt gar mühelos* hinein. »Wie konnte Gruschek auch ahnen«, heißt es, »daß dasselbe Lagerfeuer, das sie alle glücklich machte, nach einem geheimen, selbst ihm verborgenen Gesetz, wenn es mit Woynok zusammentraf, Trauer erzeugte?« Anna Seghers aber kann das erahnen. Sie, die die Einsamkeit des Exils am eigenen Leibe erfahren muss, versteht ihn. In der Emigration besteht die Gefahr und mitunter auch die Notwendigkeit zu vereinzeln. Man wird auf sich selbst zurückgeworfen. Davon haben so viele berichtet, die gezwungen waren, ihre Wurzeln zu verlassen. Es besteht ein unauflösbarer Widerspruch zwischen dem Zusammenhalt in einer Gruppe und der Überlebensstrategie des Einzelnen: Einer kommt leichter durch, wenn er fliehen muss. Manchmal sind die Flüchtlinge einfach gezwungen, sich von anderen fernzuhalten. Wie fließend ist die Grenze zwischen Vertrauenkönnen und der Notwendigkeit, die eigene Identität zu verbergen, um sich zu schützen. Der Schriftsteller Stephan Hermlin, der nach dem Krieg zu Anna Seghers' engen Freunden zählt, erfahren in den Abgründen des Exils, hat dafür in den Titeln zweier seiner Erzählungen das entscheidende Wort gefunden: »Zeit der Einsamkeit« heißt die eine, die während der deutschen Besatzung in Frankreich spielt; »Zeit der Gemeinsamkeit« die andere, den Aufstand im Warschauer Getto schildernd.

Woynok ist kein Im-Stich-Lasser. Einmal, als die Räuberbande von Soldaten umzingelt und eingeschlossen ist, als ihm Gruschek in höchster Not sein schwarzes Hündchen schickt, der auf einem Zettel am Halsband die Bitte trägt, sie herauszuschlagen – da reagiert er schließlich doch. Da ist er einmal fähig, über sich selbst hinauszudenken und den anderen rettend beizuspringen. Woynok bleibt aber, obschon er einmal die Gemeinsamkeit erlebt, allein und auf sich gestellt. Das Misstrauen gegen die anderen verliert er nie mehr. Die Verletzung durch den einmal erlebten Verrat lässt ihn nicht mehr los. Immer denkt er, selbst wenn sie ihm Gutes tun, darüber nach, was er von ihnen zu fürchten habe. Es ist eine tödliche Einsamkeit.

Dann aber folgt etwas schwer Verständliches: Woynoks Verrat. Er ist selber auch ein Täter. Die Bindung an die Gruppe erscheint ihm als eine immerwährende Gefahr. Um loszukommen von ihr, will er sie vernichten. Nachts legt er ein Feuer in der Bergspalte, in der die Räuber Zuflucht gefunden haben. Womit er nicht rechnet, ist der Zusammenhalt in der Gruppe: Einer steigt auf die Schultern des anderen, um aus dem Hinterhalt herauszufinden. Ein starkes Bild dafür, was die Kraft vieler vermag, wo ein Einzelner gescheitert wäre. Woynok hat sich gegen die Gruppe gestellt, ein nicht wieder gutzumachendes Vergehen. Er wird für immer aus der Gemeinschaft ausgestoßen. Man erschießt ihn nicht, man verprügelt ihn nicht – man jagt ihn zurück in die Einsamkeit. Das ist die schlimmste Strafe. Wie kann ein Mensch so grausam handeln? Warum tut er das? Die Vereinzelung kann, das weiß die Erzählerin, auch zur Verrohung führen. In den Märchen und Sagen von Anna Seghers gibt es kein einfaches Schwarz und Weiß, Gut und Böse. Dreimal kehrt in der Erzählung ein Satz wieder, in dem es heißt, Woynok vergaß, kaum waren sie ihm aus den Augen, die anderen und dachte nicht mehr an sie. Er löscht sie gewissermaßen aus seinem aktiven Gedächtnis. Dieses Zurückziehen von jedem menschlichen Miteinander macht den Menschen wieder zum Wolf.

Die junge Anna Seghers hat einmal gesagt: »Ich verstand, dass es nichts gibt, was man nicht schreiben kann.« Und tatsächlich gelingt es ihr, wie hier in der Form von Sagen und Märchen, das Schwierigste auszudrücken, in Gestalten und ihrem Handeln zu formen. Ohne dass die Rede verbal darauf kommt, geht es ja in der Geschichte auch um die Frage des Verhältnisses von Führer und Gruppe, vom Einzelnen und der Gemeinschaft der vielen. Woran sich Theoretiker und Politiker die Köpfe heißdiskutierten, bringt sie in die gleichnishafte Geschichte vom Räuber Woynok, der immer allein raubte.

Am Ende ist er als Toter unter den Lebenden. Noch einmal kommt er, trotz des Verbots von Gruschek, zur Gruppe zurück. Die Leute erzählen sich, Woynok sei in eine Wildfalle geraten und, schon halb erfroren, von den Bauern mit Stöcken totgeschlagen worden. Plötzlich taucht er auf am nächtlichen Feuer, wortlos. Beinahe so, wie die ertrunkenen Seeleute in der ganz frühen Erzählung von den »Toten auf der Insel Djal«, muss er wiederkehren. Er kann nicht sterben, ehe er noch einmal in der Gemeinschaft der anderen sitzt, stumm. Etwas lastet schwer auf seiner Seele, etwas Unabgegoltenes, Unaussprechliches. Ein »Luftzug eisiger Kälte« weht von ihm zu den Räubern. Warum bin ich nur hergekommen, denkt er, ich könnte längst meine Ruhe haben. »Warum habe ich noch einmal diesen furchtbaren Weg durch die Berge zurückgelegt?« Wir ahnen, warum.

Einen Gegenentwurf zu Woynoks tödlicher Einsamkeit wird Anna Seghers dann am Ende des französischen Exils in ihrem Roman »Transit« erzählen: Der junge Seidler, auf der Flucht vor den Nazi-Häschern, lässt sich irgendwann nicht mehr weitertreiben und bleibt schließlich bei den französischen Freunden, der Familie Binet, als einer der Ihren. Er wird Mitglied einer Gruppe und erlebt eine Zeit der Gemeinsamkeit.

Die drei Bäume / Der Baum des Odysseus

Darauf sagte die Frau: »Du wirst müde sein. Ich werde dir jetzt dein Bett ans Feuer tragen lassen.« Darauf sagte Odysseus: »Dieses Bett wirst du nicht hier aufstellen können. Als ich dich zu lieben begann, als ich um dich freite, damals, als keiner von uns nur ahnte, wo Troja lag, suchte ich auf meiner Insel den Ort, der gut war für mein zukünftiges Haus. Ich fand diesen Platz und rodete. Nur einen einzigen starken Baum ließ ich stehen. Ihn bestimmte ich zum Mittelpunkt meines Hauses. Ich kuppte ihn nur, aber den mächtigen Stumpf ließ ich auf seinen Wurzeln stehen. In diesen Stumpf schnitt ich dann unser Bett. Übrigens weißt du das alles ja selbst.«

Anna Seghers hat die Sagen und Mythen des klassischen Altertums seit je geliebt. Von Kindheit an bewunderte sie Homer und die großen Dichter der Antike. Wie ihr Sohn Pierre Radvanyi erzählt, hat sie auch den eigenen Kindern die Abenteuer der »Ilias« und der »Odyssee«, die Heldentaten von Achilles und Hector frühzeitig nahegebracht. Mit den Geschichten von Odysseus und Penelope sind sie aufgewachsen. Diese Sagenwelt gehört zum geistigen Urgrund, auf dem die Schriftstellerin steht. Besonders, so sagt Pierre Radvanyi, liebte die Mutter die rhythmische deutsche Übersetzung des Homer von Johann Heinrich Voss. Einmal, erinnert er sich, als er und sein Vater die Mutter in den 70er Jahren im Krankenhaus besuchten, sprach Anna Seghers plötzlich den ersten Vers der «Odyssee« auf Altgriechisch vor sich hin, und ihr Mann konnte spontan den zweiten Vers ergänzen.

In dem kleinen, 1940 im Pariser Exil entstandenen Prosazyklus »Die drei Bäume« greift die Autorin drei Episoden aus unterschiedlichen Zeiten und Kontexten auf. Die eine handelt von einem Ritter, einem Gefolgsmann Karls des Kühnen, die andere vom biblischen Propheten Jesaias. Die dritte aber ist die schönste. Ihr Stoff ist der »Odyssee« entlehnt, und zwar am Ende der langen Reihe von Abenteuern, die der Held Odysseus auf seiner Heimfahrt nach Ithaka zu bestehen hat.

Endlich ist er nach all seinen Gefährdungen auf der heimatlichen Insel angekommen. Zehn Jahre Krieg vor Troja, zehn Jahre Irrfahrten und mannigfaltige Prüfungen liegen hinter ihm. Eine aber hat er noch zu bestehen: die Wiederbegegnung mit seiner Frau Penelope. Sie ist in der Überlieferung durch die Zeitalter hindurch zum Inbegriff der treuen, trotz aller Zweifel und Anfechtungen unbeirrt auf ihren Mann wartenden Ehefrau geworden. Keiner kann ihr den Glauben an die Rückkehr des Totgesagten nehmen. Die Freier belagern seit langem ihren Palast und bedrängen sie, sie müsse doch endgültig einsehen, dass Odysseus nun nicht mehr zurückkehren könne. Sie müsse einen anderen Mann wählen, der der neue König von Ithaka werden soll. Eine Witwe brauche unbedingt wieder einen Mann. Penelope aber hat in vielen Jahren die Freier ferngehalten, hat sich ihrer Anmaßung widersetzt und nur gegen ihren eigenen Willen an einem Brautgewand gewebt. In den Nächten jedoch trennt sie das am Tage Gewebte immer wieder auf, um die Entscheidung hinauszuzögern. Als gar nichts mehr hilft, soll der Kampf entscheiden. Und Odysseus, der Listenreiche, mischt sich unerkannt unter die Freier. Nur der unter ihnen allen, der in der Lage wäre, den großen, schöngeglätteten Bogen des Odysseus zu spannen und den Pfeil treffgenau durch die Ösen von zwölf Streitäxten zu schießen, soll zum Sieger erklärt werden und die Hand der Penelope erringen.

Diese Heldentat aber kann nur dem Odysseus selber gelingen. So also besiegt er die frechen Freier und streckt sie nieder.

Hier erst setzt Anna Seghers mit ihrer Erzählung ein. Am Abend dieses Tages sitzen Odysseus und Penelope zum ersten Mal wieder am Feuer beisammen. Da spürt die Erzählerin in der Seele der Frau gerade den ganz leisen Zweifel auf, den sie nach außen hin stets geleugnet hatte: »Dieser Mann kann Odysseus sein. Er kann es auch nicht sein.« Behutsam und feinfühlig lässt sie jetzt den Mann selber denken, was seine Frau empfinden mag: »Was sagt mir denn mein Herz? – Gar nichts.« Damit unterläuft die Autorin scheinbar den Mythos der glaubenden, alle Zweifel beständig weit von sich weisenden Frau. Aber eben nur scheinbar. Denn indem sie dem Odysseus das Nachempfinden jenes Zweifels eingibt, den Penelope vor sich selber nicht verbirgt, bezeugt sie die unzerreißbare innere Verbundenheit des Paares, die schon Homer ihnen angedichtet hatte. Nun könnte das glückliche Ende kommen. Doch noch bleibt der letzte Beweis zu erbringen.

Die Geschichte des Ehebettes, das der junge König von Ithaka einst in den Stumpf eines mächtigen Ölbaumes geschnitten hatte, steht bereits bei Homer. Das Bett – Symbol der intimsten Zweisamkeit des Paares – lässt sich eben nicht bewegen, nicht vom Platze rücken und ans Feuer tragen. Es ist die Probe aller Proben: Dieses Wissen kann tatsächlich nur Odysseus selber besitzen. Und so wird das Bett, das auf den Wurzeln eines uralten starken Baumes steht, zugleich zum Sinnbild seiner Verwurzelung in der Heimat – ebenso wie in seiner Ehe. Die Treue der Frau und die Treue zur Heimat fließen nun im Bild des Baumbettes zusammen. Und ist nicht auch der Ölbaum selbst, wie der Weinstock und der Feigenbaum, eine der ältesten Kulturpflanzen der Menschheit, ein Sinnbild der Verwurzelung des antiken, mittelmeerischen Menschen in seiner Kultur. Für Anna Seghers ist gerade das Mittelmeer, wie bei der Beschreibung der Stadt Marseille in »Transit« deutlich wird, ein Inbegriff von Heimat: nämlich Heimat der Völker von alters her.

Der sogenannte Rendel

Als nun Katharina auf ihrem Bett liegend Mariens Schritt draußen in der Barackenstraße verklingen hörte, als sie sich das Gesicht der Marie vergegenwärtigte, blaß und unruhig, aber voll von der Not und Freude des gewöhnlichen Lebens, als sie jetzt ihre beiden schlafenden Kinder sich in den Arm legte und an sich drückte, als sollten nun diese Kinder die Lebenskraft, die sie an diesem Ort einstmals empfangen, auch hier wieder zurückgeben, als sie aber spürte, daß dies mißlang, weil nichts zurückerstattet wird – da begriff Katharina, wie furchtbar der begangene Betrug war. Sie begriff jetzt auch, wen man so furchtbar betrogen hatte: nämlich sie selbst.

1940, während ihres Exils in Paris, schrieb Anna Seghers diese Erzählung. Der Kern der Geschichte basiert auf einem authentischen Vorfall, der sich in Mainz abgespielt hat. Während der Weltwirtschaftskrise, in der Zeit der großen Arbeitslosigkeit, hat eine Frau in Männerkleidung die Stelle ihres Mannes angetreten, der in dem Moment stirbt, als er nach Jahren des vergeblichen Wartens endlich einen Posten als Nachtwächter bekommen hat. Um ihre beiden Kinder ernähren zu können, sieht sich diese Frau gezwungen, in die Rolle des Mannes zu schlüpfen. Auch Bertolt Brecht macht daraus eine Kurzgeschichte unter dem Titel: »Der Arbeitsplatz oder Im Schweiße deines Angesichts sollst du kein Brot essen« (um 1933).

Bei Anna Seghers wird aus dem nüchtern als Zeitungsmeldung von 1932 überlieferten Fall eine aufregende und ergreifende Geschlechtertausch-Geschichte, eine große Menschen-Geschichte. Es gibt von ihr mehrere erzählerische Varianten. Zunächst schreibt die Autorin eine kurze Geschichte, »Der Vertrauensposten«. Darin heißt es:

»›Sie sind ja krank. Warum fahren Sie?‹

›Ich habe eine Stelle, Fräulein. Denken Sie doch, eine Stelle. Ich habe 5 Jahre keine gehabt, jetzt habe ich sie. Denken Sie, mir hat ein Freund eine Stelle verschafft. So etwas gibt es. Da muss ich hin, da kann ich nicht krank sein.‹

›Sie haben Fieber‹.

›Vielleicht ein bisschen. Ich war krank, meine Frau ist vorgereist, Quartier suchen. Ich muss unbedingt morgen antreten. Ein Vertrauensposten, Nachtwächter in einer Fabrik.‹«

Dann entsteht die Erzählung »Der sogenannte Rendel«, die nach dem Zweiten Weltkrieg jahrzehntelang als verschollen galt. Erst Alexander Stephan entdeckte Anfang der 90er Jahre eine Kopie davon in den FBI-Akten über die Schriftstellerin in den USA und konnte sie in seinem Buch »Anna Seghers im Exil« 1993 der Öffentlichkeit wieder zugänglich machen.

Was die Erzählerin dabei besonders interessiert, ist das Schicksal jener Frau, bei ihr Katharina Rendel, die ihre weibliche Identität aufgeben muss, um überhaupt leben zu können. Ein ungeheurer Vorgang: Sie muss ihr Frausein verbergen, muss leben wie ein Mann, als ein Mann, um – nach dem plötzlichen Tod ihres Mannes – mit ihren Kindern nicht der nackten Existenznot zu erliegen. Sie muss als Frau ihren Kindern nun Vater und Mutter sein. Für Anna Seghers ist nicht der juristische Fakt von Interesse, der Betrug der Frau an der Fabrikleitung, indem sie sich mit den Papieren ihres Mannes für eine andere Person ausgibt. Nein, sie fragt nach dem Konflikt der Frau, der ihr aus dem Verlust ihrer Weiblichkeit erwächst. Die junge Frau, die auf der Zugfahrt dem kranken Hermann Rendel zu

Hilfe eilt, die beiden kleinen Kinder betreut und dann, nach seinem Herzversagen, in der fremden Stadt seiner Witwe Katharina die Kinder und die Sachen des Verstorbenen übergibt, diese Marie lebt fortan mit Katharina in einer neuen, scheinbar normalen kleinen Arbeiterfamilie zusammen. Beide Frauen beugen sich der Not, die mit dem Tod des Ernährers so schlagartig über sie hereingebrochen ist. Katharina geht nachts in der Fabrik voller Tatkraft und Mut den Aufgaben eines Nachtwächters nach, zur vollen Zufriedenheit des Betriebes. Die Autorin macht deutlich, wie die Frau unter dem Druck der gebieterischen Notwendigkeit eine selbstbewusste Entscheidung trifft – im Inneren vielleicht zitternd, aber nach außen hin fest auftretend und ihrer eigenen Geschicklichkeit vertrauend.

Aber während die junge Marie irgendwann doch die Liebe eines Mannes findet und annimmt, mit ihm tanzen geht und glücklich sein will, kann Katharina all das nicht mehr. Für sie kommt der Augenblick, in dem sie sich allein und verlassen fühlt, nicht mehr Frau sein darf und doch in Wirklichkeit kein Mann. Die geborgte Rolle wird ihr zur problematischen Existenz. In einem Sommer ist unten am Fluss ein Schifferfest, die Menschen amüsieren sich, hören Harmonikaklänge, tanzen. Katharina sieht sich im Spiegel: »Ihr Gesicht erschien ihr über die Maßen grau, hart und erstarrt. Es gehorchte nicht einmal mehr den Regungen ihres Herzens, nur den Sirenen der Ottkar-Werke.« So lange hatte sie ihr weibliches Empfinden unterdrückt und unter Männerkleidern verborgen, dass es ihr ganz unwirklich vorkommt, noch eine Frau zu sein. »Katharina ergriff Begierde, einmal dieses Gesicht, das doch ihr eigenes war, dem Zwang zu entziehen und ihrem eigenen Herzen zu unterwerfen.« Und fast mechanisch greift sie nach den Dingen, mit denen Marie ihr Äußeres schmückt, Kamm und Haarbürste, vielleicht einem Lippenstift, »sie fuhr über ihren Mund und über ihre Brauen, langsam stieg aus ihren Augen eine vergangene Katharina, älter noch als die Geschichte selbst, eine junge, heitere und überaus willige Katharina, gespannt und bereit auf Dinge, die ihr nie gegeben worden waren.«

Die frühere Katharina, die sie einst gewesen ist, als ihr Mann sie geliebt hat, bricht hervor. »Sie wühlte aus dem Schrank ihr altes Kleid heraus, ein helles Frauenkleid, welches an Stelle des Leibes, für den es bestimmt war, unversehrt und ohne Schaden geblieben war. Sie zog es an und betrachtete sich von neuem. Dieses Kleid gab ihr Rückhalt und Erwartung.« Plötzlich macht die veränderte Hülle einen anderen Menschen aus ihr: Sie verwandelt sich zurück in die Frau, deren Haut sie schon gänzlich abgelegt zu haben schien. Sie kehrt den Prozess der Häutung um und schlüpft zurück in die frühere Erscheinung. Mit ihr geht etwas vor, das zugleich mit der äußeren eine innere Verwandlung auslöst. Zugleich mit der Verkleidung legt sie die fremde Härte ab, die nicht ihr wahres Wesen ist. Sie befreit sich von Kleidern wie von Zwängen. Nun verlässt die Frau das Haus, es ist die Nacht vor dem Sankt-Agnes-Tag, auch sie wird für wenige Stunden tanzen und sich freuen können. Und dieses Begreifen, *»wen man so furchtbar betrogen hatte: nämlich sie selbst«*, wird zum Begreifen des Lesers. Auf einmal wird das andere, der Identitätsbetrug, ganz unwichtig. Hier spricht die Autorin mit weiblicher Stimme. Als grausam macht sie kenntlich, dass die Figur ihr Frausein verloren hatte, ihre Weiblichkeit aufzugeben gezwungen war. Das Bedürfnis, das Weiche, Schöne auch zu zeigen, sich zu schmücken, ihr Haar zu lockern, die Figur zu betonen, gesehen und vielleicht begehrt zu werden, ist ein zutiefst legitimes menschliches Fühlen. Und da zeigt es sich: Zum Glück hat Katharina unter all der Härte, der geforderten Verstellung, ihr weibliches Gesicht nicht gänzlich eingebüßt. Dieser Figur gibt Anna Seghers, bei aller vernunftmäßigen Anpassung an die Männerrolle, unüberhörbar die Sehnsucht mit, den angestrengten Wunsch, endlich auch einmal das Schwere abzuwerfen und von gewöhnlicher Leichtigkeit zu sein. Katharina schlüpft in ihre alten Kleider wie in eine andere Haut – in ihre wirkliche. Die äußere Hülle ist Ausdruck ihrer inneren Befindlichkeit: der Sehnsucht nach ihrem Frausein. Sie bleibt eine, die sich nicht einfach ergibt in ihr hartes Los, sondern die es bewusst gestaltet, und zwar nach eigenem Entschluss. So findet sie sich selber wieder, und sei es nur für die wenigen Stunden einer einzigen Nacht.

Am Ende der Erzählung ist Katharina tot. Sie kommt bei einem nächtlichen Brand auf dem Werksgelände ums Leben, bei dessen Bekämpfung sie sich tapfer und umsichtig verhält. Dennoch ist die Stimmung des Textes keine traurige oder mutlose.

Lange danach sollten in der Literatur der DDR auch solche Geschlechtertausch-Geschichten geschrieben werden, etwa von Christa Wolf, »Selbstversuch«, oder von Sarah Kirsch, »Blitz aus heiterm Himmel«. Da hatte Anna Seghers, ohne dass es recht bemerkt worden war, schon eine Epoche vorher diese Problematik der Frau mit Nachdrücklichkeit gestaltet. Anna Seghers war ihnen ein paar Jahrzehnte voraus.

Das siebte Kreuz

Georg stockte der Atem. Quer durch das Seitenschiff fiel der Widerschein eines Glasfensters, das vielleicht von einer Lampe erhellt wurde aus einem der Häuser jenseits des Domplatzes oder von einer Wagenlaterne, ein ungeheurer, in allen Farben glühender Teppich, jäh in der Finsternis ausgerollt, Nacht für Nacht umsonst und für niemand über die Fliesen des leeren Doms geworfen, denn solche Gäste wie Georg gab es auch hier nur alle tausend Jahre.

Die berühmte Szene im Dom zu Mainz. Anna Seghers kannte die riesige Kirche aus ihrer Kindheit und Jugend, sie liebte die romanische Architektur, die Kunstwerke, die hohen Pfeiler mit den Skulpturen der Heiligen und Bischöfe. Durch diese Episode ist auch Georg – und mit ihm das andere Deutschland – eingebettet in die Geschichte dieser Region: das machtvolle Mittelalter, aus dem der Dom stammt, wie auch die weit zurückreichende Vergangenheit in römischer Zeit. Der rötliche Sandstein, der für die Bauten in ihrer Heimatstadt so charakteristisch ist, scheint symbolträchtig durch alles hindurch. Genau durch diese Hügelketten hatten die Römer den Limes gezogen, ihren Grenzwall gegen die Barbarenvölker, und die Kelten hatten hier ihre Sonnenaltäre errichtet. Eine kriegerische Region, wie es Grenzlandschaften oft sind. Seit acht

Jahrhunderten nun wird die Flusslandschaft vom christlichen Dom mit seinen mächtigen Türmen überragt.

Dieser junge Georg Heisler ist gar kein gläubiger Mensch. Doch in dieser Nacht im rettenden Dom, seiner Zuflucht, stehen die Symbole der christlichen Nächstenliebe dem Verfolgten bei: Für wenige Stunden kann er seinem armen, verletzten und fiebernden Körper Ruhe gönnen. Ein heißes Gefühl von Sicherheit erfüllt ihn hier zum ersten Mal seit seiner Flucht aus dem Lager. Das Haus Gottes, in dem – wie es die Religion verspricht – jeder Zuflucht Suchende eine Herberge findet, steht auch dem Mann offen, der wegen seiner kommunistischen Überzeugung gejagt wird. Georg kann, als alle anderen Besucher den Dom verlassen haben, hier allein und unbeobachtet die Nacht verbringen. Die Dämmerung darin, heißt es, war so tief, dass die Farben in den Fenstern erloschen: Ausdruck auch für das Dunkelwerden in Deutschland, in dem für Menschen wie Georg die Lebensfreude erloschen ist. Der Dom selbst, so wirkt es in dem diffusen Licht, »scheint sich aufzulösen und zu entsteinern«. Der lebendige Körper des Flüchtlings jedoch ist wie versteinert. Es ist die Umkehrung der natürlichen Ordnung. Wenn in einem Land statt humanistischer Werte Menschenverachtung und Barbarei herrschen, ist alles aus dem Lot. Was vorher galt, gilt jetzt nicht mehr. Auch der Mensch selber fällt aus der Ordnung. Georg hat es leibhaftig zu erfahren. Ihm ist in seinen Fiebervisionen, als beuge sich ein menschliches Antlitz von einer der Skulpturen an einem Pfeiler »voll Trauer und Besorgnis« über ihn: »Was willst du denn noch, mein Sohn, gib auf, du bist schon am Anfang zu Ende.« Georgs Herz klopft, so wie seine verletzte Hand schmerzhaft pocht. Doch er hat ja sonst keinen, der bei ihm ist, der zu ihm spricht. So sind auch diese imaginären Worte ihm Trost und Zuspruch. Sie entmutigen ihn nicht etwa. Vielmehr mobilisieren gerade sie seinen Überlebenswillen. Wie notwendig ist dem Menschen doch in Momenten der völligen Einsamkeit ein Satz, ja nur ein einziges Wort, das ein anderer an ihn richtet! Der gekreuzigte Christus im Dom wird gewissermaßen für Georg, statt seiner, ans Kreuz geschlagen, denn das siebte der Kreuze, das für Georg bestimmt war, wird am Ende leer bleiben. Der neutestamentarische Mythos vom Gottessohn, der für die Menschen büßt, bildet die Grundierung dieser Geschichte vom Widerstehen.

Die Schriftstellerin beschreibt eine ganz dichte, emotional aufgeladene Szene, in der es für den Flüchtenden um alles geht: Wird er jetzt und hier nicht entdeckt, dann kann seine Flucht tatsächlich gelingen. Wenn die Nacht vorbei geht, dann wird alles gut werden. Und am nächsten Morgen muss der Flüchtling versuchen, sein Asyl unbemerkt wieder zu verlassen. »Georg war es geglückt«, heißt es. Er kann sich unter die frühen Kirchgänger mischen und hinausschlüpfen, ohne aufzufallen. Ein solcher Satz, der besagt, die Flucht war geglückt, wird auch im Spätwerk der Dichterin noch einmal eine entscheidende Bedeutung gewinnen: in der Geschichte »Das Versteck« aus dem Zyklus »Drei Frauen aus Haiti«, wo ebenfalls das Unwahrscheinliche gelingt.

Der grandiose, noch immer meistgelesene und meistübersetzte Text der Schriftstellerin. Als sie in Paris im Exil lebt, wird die Sehnsucht nach der deutschen Heimat immer größer. Die Erinnerungen gerade an die Bilder der Kindheit und Jugend, die Rheinauen, den großen Strom ihrer Herkunftslandschaft wirken ganz stark in ihr. Die Apfelbäume dieser sanften Hänge am Rhein sind für sie ebenso ein Symbol ihrer deutschen Heimat, wie im Roman »Transit« die Pfirsichplantagen bei Marseille für den jungen Ich-Erzähler die Gewissheit verkörpern, zu den französischen Freunden zu gehören. Da erfährt sie von Flüchtlingen aus Hitlerdeutschland, neben den vielen bitteren Nachrichten, auch von Fällen, in denen einigen wenigen die Flucht aus den Konzentrationslagern gelungen ist. Anna Seghers schreibt 1938 und 1939 »Das siebte Kreuz. Roman aus Hitlerdeutschland« und widmet ihn »den toten und lebenden Antifaschisten Deutschlands«. Sie beendet das Manuskript im Spätsommer 1939, Tage bevor der Krieg losbricht.

Es ist kein Buch über den Krieg, und es ist vor allem kein Buch des Hasses auf Deutschland. Die Liebe zu ihrem Land spricht so stark aus ihm, dass es im Ausland künden kann von dem, was in Deutschland geschah, was in den Köpfen, im Denken und Fühlen der gewöhnlichen Deutschen vor sich gegangen war, wie sich Angst vor Denunziation und Repression ausbreitet, aber auch der Trotz einiger, sich der Gewalt zu widersetzen. Die Handlung spielt in einer Oktoberwoche des Jahres 1937, als im spanischen Bürgerkrieg um Teruel gekämpft wurde. Es waren die Jahre, da die Erfolgskurve der Nazis noch steil nach oben ging – und dennoch: Einer kommt davon. Von den sieben geflohenen Häftlingen des KZ Westhofen werden sechs wieder eingefangen. Der Lagerkommandant lässt sieben Platanen kappen, daraus Kreuze aufrichten, an denen die Überwältigten gemartert werden. Einem jedoch gelingt es durchzukommen. Er findet Helfer, die über ihre Angst hinauswachsen, Männer und Frauen, die ihn verbergen, zu einem nächsten weiterleiten. Die siebentägige Flucht des Georg Heisler ist eine packende, abenteuerliche Geschichte. Die Stationen seines Weges führen ihn zu Menschen unterschiedlichster Haltung und politischer Überzeugung. Am Ende entkommt er auf einem Schleppkahn auf dem Rhein, dem Strom, der für Anna Seghers stets der Inbegriff der Heimat ist. Ganz stark ist der Eindruck des authentischen Erlebens: »Jetzt sind wir hier«, heißt es. »Was jetzt geschieht, geschieht uns.« Das Schicksal des Einzelnen steht für das Geschick der ganzen Nation.

Es ist das große Symbol des Widerstehens: Das siebte Kreuz bleibt leer. Die unzerstörbare Menschheitshoffnung, dass der Eine, der Gerechte, eben nicht ans Kreuz geschlagen werden möge. Die Passionsgeschichte wird widerlegt. Immer wieder im Werk der Schriftstellerin finden sich diese Bezüge auf die uralten Legenden, auf alt- und neutestamentarische Chiffren. Sie vertraut der Kraft der Mythen.

Gerade im Dom von Mainz findet der Flüchtling Georg Heisler, gehetzt und verletzt, für eine Nacht Zuflucht, unter den Augen der jahrhundertealten Heiligenfiguren. Das bleibt für die Dichterin – wie auch die über den Krieg geretteten mittelalterlichen Glasfenster der Sainte-Chapelle in Paris – ein dauerhaftes Sinnbild dessen, was sie, mit Neruda, als *Glauben an Irdisches* bezeichnet. Und eine Figur wie der Schäfer Ernst, fast eine Inkarnation der heimatlichen Landschaft mit den sanften Rheinauen, bündelt das Zutrauen in ihre Landsleute. »Vaterlandsliebe« war das Thema ihrer Rede auf dem Schriftstellerkongress zur Verteidigung der Kultur 1935 in Paris. Es ist dieser unbeirrbare Glaube, Deutschland werde, wenn auch jetzt von den Anderen beherrscht, das Grauen abschütteln können – im Schlusssatz des Romans zusammengefasst: »Wir fühlten alle, wie tief und furchtbar die äußeren Mächte in den Menschen hineingreifen können, bis in sein Innerstes. Aber wir fühlten auch, daß es im Innersten etwas gab, das unangreifbar war und unverletzbar.« Mit dieser Intention gewinnt der Roman eine ungeheure Wirkung in der internationalen Rezeption: 1942 erscheint die Erstausgabe in englischer Übersetzung im Verlag Little, Brown & Company in Boston. Da lebt Anna Seghers bereits mit ihrer Familie in Mexiko, ein Einreisevisum für die USA hatte sie nicht erhalten. Doch gerade dort wird ihr Buch nun zum Welterfolg: der Book-of-the-Month-Club wählt »The Seventh Cross« zum Buch des Monats. Sofort wird es noch einmal in einer Auflage von einer Million Exemplaren herausgebracht; es läuft als Comic-strip-Serie in New Yorker Tageszeitungen; es wird in einer dramatisierten Fassung als Theaterstück gespielt und schließlich 1944 von dem exilierten österreichischen Regisseur Fred Zinnemann in Hollywood verfilmt. Dieser Film, mit Spencer Tracy in der Hauptrolle, geht um die Welt. Vielleicht das kurioseste Zeugnis der Verbreitung: Die US-Army gibt den Roman in einer Taschenbuch-Dünndruckausgabe ihren GIs in den Tornistern mit in den Krieg. Aus ihm erfahren sie mehr über die inneren Zustände unter den Deutschen als in jeder Presseargumentation. Er war genau zur rechten Zeit erschienen. Bald folgen Übersetzungen ins Spanische und Portugiesische, ins Schwedische, ins Französische. Auf Deutsch kann er erstmals 1942 im Verlag El Libro Libre, Das freie Buch, in Mexiko-City erscheinen. Fortan verbindet sich in 42 Sprachen der Name der Schriftstellerin Anna Seghers mit der großen antifaschistischen Metapher des Romans »Das siebte Kreuz«. Zurückgekehrt nach Deutschland, erhielt sie dafür 1947 den Büchner-Preis.

Transit

Die Gesichter der Menschen, die durch die Drehtür hereinkamen, waren gespannt von Wind und von Unrast. Kein Mensch bekümmerte sich um die Sonne über dem Meer, um die Zinnen der Kirche Saint-Victor, um die Netze, die auf der ganzen Länge des Hafendamms zum Trocknen lagen. Sie schwatzten alle unaufhörlich von ihren Transits, von ihren abgelaufenen Pässen, von Dreimeilenzone und Dollarkursen, von Visa de Sortie und immer wieder von Transit. Ich wollte aufstehen und fortgehen. Ich ekelte mich. – Da schlug meine Stimmung um. Wodurch? Ich weiß nie, wodurch bei mir dieser Umschlag kommt. Auf einmal fand ich all das Geschwätz nicht mehr ekelhaft, sondern großartig. Es war uraltes Hafengeschwätz, so alt wie der Alte Hafen selbst und noch älter. Wunderbarer uralter Hafentratsch, der nie verstummt ist, solange es ein Mittelländisches Meer gegeben hat, phönizischer Klatsch und kretischer, griechischer Tratsch und römischer, niemals waren die Tratscher alle geworden, die bange waren um ihre Schiffsplätze und um ihre Gelder, auf der Flucht vor allen wirklichen und eingebildeten Schrecken der Erde. Mütter, die ihre Kinder, Kinder, die ihre Mütter verloren hatten. Reste aufgeriebener Armeen, geflohene Sklaven, aus allen Ländern verjagte Menschenhaufen, die schließlich am Meer ankamen, wo sie sich auf die Schiffe warfen, um neue Länder zu entdecken, aus denen sie wieder verjagt wurden; immer alle auf der Flucht vor dem Tod, in den Tod. Hier mußten immer Schiffe vor Anker gelegen haben, genau an dieser Stelle, weil hier Europa zu Ende war und das Meer hier einzahnte, immer hatte an dieser Stelle eine Herberge gestanden, weil hier eine Straße auf die Einzahnung mündete. Ich fühlte mich uralt, jahrtausendealt, weil ich alles schon einmal erlebt hatte, und ich fühlte mich blutjung, begierig auf alles, was jetzt noch kam, ich fühlte mich unsterblich.

Marseille, der Ort der Exilierten. Dieser Roman und die Geschichte des jungen Ich-Erzählers ist zugleich die Geschichte von Anna Seghers selbst. Wie Tausende andere Emigranten aus vielen Ländern Europas, erlebte sie im Winter und Frühjahr 1940/41 in Marseille all das, was diesen Roman zu einem der großartigsten Werke der Schriftstellerin macht. Marseille ist der Schmelztiegel der abendländischen Kultur, ein Völkergemisch, das Gewimmel von Leben und Sterben. Ein Ort, an dem immer *eine Straße mündete*. Schon immer haben hier Seefahrer und Ruhelose aller Völker eine Herberge gefunden.

Auch für sie und die Ihren bedeutete dieser Aufenthalt nackte Lebensgefahr und einen Wettlauf mit der Zeit. Als sie im Mai 1940 mit ihren Kindern aus Paris fliehen musste, weil die deutsche Wehrmacht die Stadt und den gesamten Norden Frankreichs besetzte, schlugen sie sich nach Süden durch, über die Loire. Der Fluss war die Demarkationslinie zwischen dem besetzten und dem noch unbesetzten Teil Frankreichs. In der Hafenstadt Marseille saßen die Konsulate der ausländischen Mächte, die, wenn man Glück hatte, einige der Flüchtlinge aufnehmen und ihnen die lebenswichtigen Visa erteilen würden. Im Frühjahr 1941 gelang es dann der Familie Seghers-Radvanyi tatsächlich, mit dem rettenden Visum für Mexiko Europa zu verlassen.

Noch auf der Flucht mit dem Schiff »Capitaine Paul Lemerle« begann Anna Seghers, an diesem Buch zu schreiben. Nach eigenen Aussagen hatte sie sich bereits in den Wartezimmern der Konsulate, während der Stunden des zermürbenden Hoffens und Ausharrens,

Notizen dafür gemacht. In Mexiko dann schrieb sie den Roman zu Ende, der einer ihrer berühmtesten und zugleich einer der besten der deutschen Exilliteratur überhaupt werden sollte. Erschienen ist er zuerst in englischer Übersetzung im Verlag Little, Brown & Co. in Boston und in spanischer Übersetzung in Mexiko. Die Schriftstellerin Elisabeth Langgässer, vom selben Jahrgang und fast gleicher Herkunft wie Anna Seghers, hat im Oktober 1947 auf dem I. Deutschen Schriftstellerkongress in Berlin in ihrer Rede davon gesprochen, wie sie, die Autoren der Inneren Emigration, in die deutsche Sprache »ausgewandert« seien: »Wohin hätten sie auch als Dichter auswandern sollen, wenn nicht immer tiefer in den Raum ihrer Sprache hinein, der sich gleichzeitig mehr und mehr für beide zusammenzog, während das Vakuum um sie anwuchs, die Wüste, der Dschungel, die Kasematte.« Beide Schriftstellerinnen waren gut bekannt miteinander, ihre Lebenswege jedoch sehr verschieden. Anna Seghers war so gefährdet, dass sie ins Ausland emigrieren musste. Sie hatte keine andere Wahl als das Exil. Doch zugleich ist auch sie in ihre deutsche Muttersprache emigriert und hat nur in ihrer Sprache überleben können. Die Sprache war jenes Stück Heimat, das sie mitgenommen hat in die Fremde.

Sie lässt in »Transit« den jungen deutschen Emigranten Seidler seine Geschichte erzählen. Er war durch einen Zufall in den Besitz der Papiere des deutschen Schriftstellers Weidel gelangt, der sich in Paris auf der Flucht vor den Nazis das Leben genommen hatte. Die Verwechslung der Personen und die ständige Irritation durch die Namensähnlichkeit – eine beinahe kafkaeske Situation – wird zum Kern des Romangeschehens. Auch hier gibt es eine Analogie zur biografischen Situation von Anna Seghers selbst: Sie, deren Pass auf ihren bürgerlichen Namen Netty Radvanyi, geb. Reiling, ausgestellt war, musste auf den Konsulaten nachweisen, dass sie identisch ist mit jener Anna Seghers, auf deren Namen Gelder zur Unterstützung der gefährdeten Schriftstellerin von einem ausländischen Hilfskomitee eingegangen waren. Laszlo Radvanyi, ihr Ehemann, saß in einem der französischen Internierungslager für sogenannte feindliche Ausländer, zunächst in Le Vernet am Fuße der Pyrenäen, später in Les Milles bei Marseille. Auch für ihn und die beiden Kinder Peter und Ruth musste Anna Seghers die Ausreisevisa und die Transits durch Portugal erlangen.

In Marseille wohnt die Autorin in dem kleinen Hotel »Au mage«, das bedeutet: »Zum Magier«. Ein sprechender Name, als hätte sie das billige Hotelzimmer in einer winzigen Seitenstraße der Canebière bewusst ausgesucht. Ihr Magierhandwerk betreibt sie ja seit den ganz frühen Erzählungen wie »Die Toten auf der Insel Djal« oder »Die Legende von der Reue des Bischofs Jehan d'Aigremont«. Immer lässt sie die reale mit der übernatürlichen, der magischen und mythischen Welt in Austausch treten. Bei Anna Seghers sind beide Welten nicht getrennt. Sie durchdringen einander. So auch in diesem Buch.

Die Romanhandlung setzt all jenen Flüchtlingen ein Denkmal, die, wie die Autorin selbst, diese nervenzehrenden Wochen und Monate in Marseille durchgestanden haben, bis ihnen die Ausreise gelang – oder in manchen tragischen Fällen auch nicht. Die Transit-Problematik lässt sich mit dem paradox erscheinenden Satz einkreisen: Um bleiben zu dürfen, muss man nachweisen, dass man abreisen will, muss man seine Ausreise bei den Konsulaten aktiv und mit Verve betreiben. Nur dann bekommt man von den französischen Behörden die notwendige Verlängerung der Aufenthaltserlaubnis – ohne die wiederum man illegal in Frankreich leben würde. Und das Vertrackte der Situation der meisten Flüchtlinge besteht darin, dass immer gerade das eine der erforderlichen Papiere abgelaufen ist, bevor man das nächste errungen hat. Ein Teufelskreis. Die betroffenen Menschen sind »wie verzehrt vom Warten«.

Für den Ich-Erzähler ändert sich alles schlagartig, als er in Marseille auf eine junge Frau trifft, die all sein Denken und Fühlen beschäftigt, die ihn nicht mehr loslässt und seine Bemühungen um Ausreise unter völlig neue Vorzeichen stellt. In einem Café am Alten Hafen von Marseille sitzend, erzählt Seidler einem namenlosen Gegenüber den Hergang seiner Geschichte. Er fühlt sich *blutjung*, und er fühlt sich *uralt* – wie eine mythische Gestalt, losgelöst von Raum und Zeit, beladen mit den Erfahrungen all derer, die vor ihm waren und nach ihm kommen werden. Es drängt ihn, nun mitzuteilen, was ihm geschah: »Eine Frau kam herein. Was soll ich Ihnen darüber sagen? Ich kann nur sagen: sie kam herein. Der Mann, der sich das Leben nahm in der Rue de Vaugirard, hat es anders ausdrücken können. Ich kann nur sagen: sie kam herein.« Diese Begegnung verändert alles. Er ist verzaubert von ihrer Erscheinung. Da weiß der Ich-Erzähler noch nicht, dass sie die Ehefrau jenes toten Schriftstellers Weidel war, von dessen Tod wiederum sie, diese Marie, nichts ahnt. Sie sucht ihn in diesen Wochen in Marseille mit einer nicht erlahmenden Ausdauer und Beharrlichkeit, die dem Ich-Erzähler zusetzt. Denn man hatte ihr auf dem Konsulat gesagt, ihr Mann, der Schriftsteller Weidel, sei selbst hier in der Stadt. Sie muss ihn unbedingt finden, um aus Frankreich ausreisen zu können, da sie keinen eigenen Pass hat und dafür seine Begleitung braucht. Nur will sie nicht wirklich mit ihm ausreisen, sondern mit einem anderen Mann, einem Arzt, für den sie ihren Ehemann verlassen hat. Und so kann der junge Mann natürlich nicht ahnen, dass sie im Grunde nach ihm sucht, der ja nun mit der Identität ihres Ehemannes in Marseille lebt. Ihm erscheint nur allmählich, »als hefte sich etwas immer zäher an meine Fersen«. Eine verworrene Situation, scheinbar nicht zu lösen.

Anna Seghers bietet alles auf und macht diese Geschichte der atemberaubenden Flucht zugleich zu einer tief ergreifenden Liebesgeschichte. In einem Brief vom März 1941 schrieb die Autorin, sie habe begonnen, an einem neuen Buch zu arbeiten: »etwas sehr Leichtes, sehr Sanftes«. Denn zwischen Marie und dem jungen Ich-Erzähler entsteht eine zarte, behutsame Liebesbegegnung, die sich am Ende nicht verwirklichen lässt. Während Marie noch immer alle Cafés der Stadt abläuft, um ihren Mann zu finden, und an seinen

Tod bis zuletzt nicht glauben kann, wird für den Ich-Erzähler jeder Tag ohne sie ein verlorener Tag. »Mir aber, warum sie auch kommen mochte, erschien ihr Kommen die Folge meines Wartens.« Der Autorin gelingen wundervolle Sentenzen einer traumhaft unwirklichen Annäherung dieser beiden Menschen, die für einander hätten bestimmt sein können, wenn sie sich früher begegnet wären. Noch ist sich der junge Mann unschlüssig: »Mit ihr bleiben? Mit ihr abfahren?« Doch je länger Maries verzweifelte Suche andauert, desto mehr begreift er: »Der Tote war uneinholbar. Er hielt in der Ewigkeit fest, was ihm zustand.« Die Bindung der Frau an ihren Mann, dessen Tod sie nicht wahrhaben will, würde ihn immer von ihr trennen. »Eher werde ich des Wartens müde als sie des Suchens nach dem unauffindbaren Toten.« Immer wieder werden die Geschichten von der Liebe damit beginnen, dass *eine Frau hereinkommt* …

Pierre Radvanyi hat als etwa Fünfzehnjähriger alle diese Stationen in Marseille gemeinsam mit seiner Mutter und seiner Schwester Ruth erlebt. Er selbst war ja ein Flüchtling, so jung er auch war. In seinem Buch »Jenseits des Stroms. Erinnerungen an meine Mutter Anna Seghers« hält er eine Episode auf der Atlantiküberfahrt fest, als die Mutter bereits an Entwürfen des Buches arbeitet: »Als sie mich fragte, ob der Held der Geschichte, der Erzähler, am Ende in Frankreich bleiben oder fortgehen solle, antwortete ich ihr ohne zu zögern: dableiben.« Das ist ganz symptomatisch, denn junge Menschen, die das Leben noch vor sich haben, werden in einem anderen Land, das ihnen Zuflucht gewährt, schnell heimisch. Hat man erst einmal Freunde gewonnen, ist einem das Land nicht mehr fremd; der Gedanke, hier zu bleiben, ist leichter realisierbar.

Die Pizzeria an der Ecke der Rue de la République, in der der Ich-Erzähler so oft mit Marie gesessen hat, erscheint ihm später, nach der Abreise von Marie und ihrem Begleiter, als »das letzte Feuer, die letzte Herberge in der Alten Welt, die uns Obdach gewährte«. Marie nämlich ist letztlich, nachdem der vermeintliche Schriftsteller Weidel auf dem mexikanischen Konsulat die Identität seiner

Ehefrau bestätigt hat, mit dem Arzt auf der »Montreal« abgefahren. Er selber entschließt sich im letzten Augenblick, als er alle seine Papiere zusammen hat, zum Bleiben. Um mit seinen Erlebnissen fertig zu werden, sie ordnen und verstehen zu können, muss er sie jemandem erzählen. Zwar weiß er, fast alle haben ganz unwahrscheinliche Geschichten erlebt, und leicht langweilt man einen anderen damit, doch: »Ich möchte trotzdem einmal alles von Anfang an erzählen.« Dieses Motiv des Erzählenmüssens kehrt in der Prosa von Anna Seghers immer wieder, als ein therapeutisches Moment, das dem Menschen hilft, die Vergangenheit durchzuarbeiten. Auch der französische Fremdenlegionär, auf den Seidler in einem Café in Marseille trifft, ist besessen von dem Wunsch, sein verworrenes Leben einem anderen Menschen mitzuteilen: »Denn abgeschlossen ist, was erzählt ist. Erst dann hat er diese Wüste für immer durchquert, wenn er seine Fahrt erzählt hat.«

Und so beginnt der Roman »Transit«, die an seinen ungenannten Zuhörer gerichtete Erzählung Seidlers, mit den Nachtrag des Endes: »Die ›Montreal‹ soll untergegangen sein zwischen Dakar und Martinique. Auf eine Mine gelaufen. Die Schiffahrtsgesellschaft gibt keine Auskunft. Vielleicht ist auch alles nur ein Gerücht.« Er dagegen, der junge deutsche Flüchtling und Antifaschist, will in Frankreich bleiben, sich seinen Freunden des französischen Widerstands anschließen. Er will mit ihnen leben und mit ihnen kämpfen, denn nach all den aufrührenden, zermürbenden Geschehnissen in Marseille hat er den Wunsch, doch endlich sesshaft zu werden. Und zwar hier, in der Alten Welt. Denn einige müssen doch bleiben, um dem Feind nicht kampflos das Terrain zu überlassen. Die Schriftstellerin befestigt damit ein Heimatgefühl, die Beständigkeit, das Beschwören des Dauerhaften als Gegensatz zur Situation des Transitären der Flüchtlinge. Die Stadt Marseille wird zum Symbol als Ort der letzten Herberge, des letzten Feuers auf dem alten Kontinent, der ihnen trotz aller Gefährdung Heimat bleibt. Und das offene Feuer der Pizzaöfen in den Cafés der Stadt wärmt ebenso symbolisch wie real die im kalten Mistral der Küste frierenden Emigranten.

Seidlers Freund George, in dessen Familie er aufgenommen wird als einer der Ihren, bestärkt ihn in seinem Entschluss: »Für dich ist es richtig zu bleiben. [...] Du gehörst zu uns. Was uns geschieht, geschieht dir.« Er wird mit ihnen auf den Pfirsichfeldern arbeiten, bei der Ernte helfen – ein Sinnbild für das immer wieder neu entstehende Leben – und sich mit ihnen gemeinsam gegen die deutschen Eroberer stemmen.

Post ins Gelobte Land

Gewiß, den Sohn hielt im Krieg die Pflicht erst recht bei den Kranken fest. Das Glück über den Brief fiel mit dem Segen des kleinen Schattens zusammen, da ihm die Sonne sonst weh tat. Soweit man sich aus dem Gelobten Land in ein schlechtes sehnen kann, hatte er manchmal geheime, sich selbst nicht eingestandene Sehnsucht nach Kälte, die einem die Backen zerbiß, nach der vor Frost gesprungenen Erde, nach unbändigem Schneegestöber. Er labte sich, bis ein neuer Brief kam, an dem Geknister des alten, den er heimlich, statt mit dem Blick mit den Fingerspitzen genoß. Er bat manchmal seine Hausgefährten, den alten Brief zu wiederholen. Sie folgten ihm gerne, weil solche Briefe auch sie trösteten.

Der Sohn, Dr. Jacques Levi, Augenarzt in Paris, schreibt dem Vater Briefe nach Palästina. Aber er lebt schon gar nicht mehr. Er hatte diese Briefe auf Vorrat geschrieben, alltägliche Berichte von seinem Leben, seiner Arbeit und seiner Familie in Paris, als er spürte, dass seine Kräfte zu Ende gehen. Eine unheilbare Krankheit fraß in ihm. Zuvor lebten sie seit der Kindheit des Sohnes zusammen in Paris – geflohen vor den Pogromen in ihrer ehemaligen Heimat, dem kleinen Städten L. im Osten Polens. Der alte Levi war schließlich, als der Faschismus sich in Europa auszubreiten begann, ins Gelobte

Land seiner Väter ausgewandert, um dort seinen Lebensabend zu verbringen und in geweihter Erde begraben zu werden.

Wieder ist es ein Toter, der in einer Erzählung von Anna Seghers sich in die Begebenheiten der Lebenden mischt. Eine besondere Konstellation, denn auch den alten Vater hält nur noch das Warten auf die Briefe des Sohnes am Leben. Dessen Frau, mit dem Kind in Paris zurückgeblieben, schickt nun die Briefe nach Palästina aus dem Vermächtnis des Toten ab, »das ihr wie ein Auftrag des Lebenden vorkam«. Der Vater, so wollte es der Sohn, sollte nie erfahren, dass er vor ihm hatte sterben müssen. Denn, wie es oft der Fall ist: Der Sohn, der aus ärmsten Verhältnissen der Flüchtlingsexistenz zu einem angesehenen, ja berühmten Arzt geworden war, ist der ganze Stolz des alten Mannes. In ihm nur lebt er weiter, auf ihm ruhen alle seine Hoffnungen.

Auch in dieser Geschichte lässt die Erzählerin eine Bitternis eingreifen: Als der alte Levi im Gelobten Land erblindet, seine Augen versagen, ist der Sohn nicht bei ihm. Der kann gerade dem Menschen, den er am meisten liebt, nicht helfen – wo er doch sonst als großer Augenarzt so viele andere geheilt hat. So war es schon dem ehemaligen Bischof Jehan d'Aigremont ergangen, der als Heiler galt; aber seiner Geliebten, der schwarzen Catharina, konnte er nicht helfen.

Der Vater schreibt Antwortbriefe nach Paris; später, als seine Augen es nicht mehr zulassen, muss er sie den Mitbewohnern diktieren. Die Witwe des Sohnes aber genießt diese Briefe an den Toten, »als sei durch diesen Briefwechsel der Tod selbst überlistet«. Sie bedeuten für sie die letzte Verbindung ihres Geliebten mit dem Leben. Noch dann, als sie selbst mit dem Kind aus Paris flüchten muss, um den heranziehenden Nazis zu entkommen, und nach Süden gelangt, in den unbesetzten Teil Frankreichs, nach Toulouse und in die Dörfer an der Rhônemündung, macht sie sich die gewissenhafte Absendung zur Pflicht. Sie ahnt, welchen Trost diese Post ins Gelobte Land dem Vater bringen wird.

Als der selber noch jung war, am Ende des 19. Jahrhunderts, hatte in seinem Heimatstädtchen L. ein furchtbares Pogrom gewütet. Kosaken hatten die jüdische Bevölkerung niedergemacht, und Nathan Levis junge Frau starb an den Folgen einer Frühgeburt, nachdem sie in einem Kellerversteck die Ermordung ihrer eigenen Brüder mit ansehen musste. Er blieb allein zurück mit den Schwiegereltern und mit seinem kleinen Sohn Jakob, der dann später in Paris Jacques heißen würde. Von nun an sind sie auf der Flucht, zuerst nach Wien zu einer dort verheirateten Schwester der Frau, dann weiter nach Kattowitz. Und schließlich, als sie auch dort nicht bleiben konnten, führt der Weg der Emigration Vater und Sohn Levi nach Paris. Dort lebt bereits der Kürschner Salomon Levi, ein älterer Bruder Nathans, der ihnen hilft, selber in der Fremde Fuß zu fassen. So erzählt die Geschichte neben der Vater-Sohn-Beziehung die ganze Saga einer jüdischen Familie über mehrere Generationen hinweg. Es sind die sogenannten Ostjuden, die vornehmlich aus Galizien durch immer wiederkehrende Pogrome vertrieben wurden und oft in Westeuropa Zuflucht fanden, viele von ihnen in Paris.

In einem Altersheim in Jerusalem stirbt dann der alte Nathan Levi, und auch nach seinem Tod kommen noch Briefe aus Europa an, denn der Sohn hatte in seiner Sorge um den Vater genügend hinterlassen. Und diese Briefe klingen viel leichter und heiterer, als die Gespräche der Lebenden je gewesen waren. In einem von ihnen schreibt Jacques von dem Unverständnis des kleinen Sohnes, dass sein Großvater so weit fort sei. Und dann folgt ein Satz, der für Anna Seghers und ihr Verhältnis zu Leben und Tod ganz charakteristisch ist: »Ich denke manchmal, wie schlau die Kinder sind, daß sie den Tod nicht wahrhaben wollen. Sie halten das Sterben für einen von den sonderbaren Einfällen, die wir Erwachsenen manchmal haben.« In der Literatur dieser Schriftstellerin sind die Lebenden und die Toten nicht an verschiedene Ufer verbannt. Sie existieren in der einen, einzigen Welt, die Leben und Tod umfasst, und die Toten bleiben auch den Lebenden erreichbar. Das ist eine

Grundüberzeugung, die sich seit dem Frühwerk – so in der geheimnisvollen Geschichte von den Toten auf der Insel Djal – in ihrem Erzählen niederschlägt.

Und ein klein wenig steckt auch das Erleben der Autorin selbst in dieser Geschichte von der Post ins Gelobte Land, entstanden 1943/44. Sie wusste nun, dass sie ihren Eltern nicht mehr hatte helfen können, dass sie auch die Mutter nie mehr wiedersehen würde. Und sie spürte in sich die Dankbarkeit dem Exilland Frankreich gegenüber, in dem sie ihre eigenen Kinder hatte in Sicherheit bringen können. Wenn der Arzt Jacques Levi und seine Frau sich freuten, dass ihr Sohn in dem Land aufwachsen konnte, in dem sie selber als Flüchtlinge erst Wurzeln hatten schlagen müssen, so drückt das ebenso die Erleichterung von Anna Seghers aus, die ihre Kinder Peter und Ruth in Paris in gute Obhut geben konnte – solange immerhin, bis die deutsche Wehrmacht auch Frankreich überfiel. Und die Erzählung »Post ins Gelobte Land« kann man auch lesen als imaginäre Briefe der jüdischen Tochter Netty Reiling an ihre verlorenen Eltern, in denen sie ihnen Liebe und Dank nachträgt für alles, was Vater und Mutter für sie getan haben.

Die Sehnsucht, die der alte Nathan Levi empfindet, als er in dem sonnigen, warmen Heiligen Land sitzt, scheinbar sorgenfrei, aber doch abgetrennt von den Wurzeln seiner Herkunft, kann man sich auch für die Emigranten in Mexiko gut vorstellen. Die Erinnerung an kalte Winter mit Schneegestöber, an rotgefrorene Gesichter und die Bräuche dieser Jahreszeit wird plötzlich zum Wunschbild der Heimat. Im immerwährenden Sommer, wenn man schon für den Segen eines kleinen Schattens dankbar ist, erscheint einem Vertriebenen der kalte Norden auf einmal erstrebenswert, und es kann durchaus sein, dass man sich in der Hitze des südlichen Aufenthalts nach den vor Kälte erstarrten Fingern seiner Kindheitswinter zurücksehnt.

So sehnt sich auch die junge Witwe von Jacques Levi nach der Heimat zurück, dem Dorf in Polen, wo auch sie als Kind gelebt hatte, bis man bei einem Pogrom ihre Mutter erschlagen hatte. Jetzt im Krieg, seit Polen von den Deutschen verbrannt und verwüstet wird, merkt sie erst, wie sehr sie an der alten Heimat hängt, und die schlimmen Erinnerungen an das Böse, das man ihnen angetan hatte, werden überlagert vom Bild einer Bauersfrau, die der Kleinen damals einen Apfel geschenkt hat. »Der dicke Rock der Bäuerin, in den sie sich einmal hatte ausweinen könne, verdeckte damals und heute das Schlechte.« Immer wieder während ihres Exils gelingen Anna Seghers in ihrer Prosa wundersame Erinnerungsbilder an die verlorene Heimat, die wiederzufinden nach Kriegsende die »einzige Unternehmung« wurde, die sie antrieb.

Der Ausflug der toten Mädchen

Marianne und Leni und ich, wir hatten alle drei unsere Arme ineinander verschränkt in einer Verbundenheit, die einfach zu der großen Verbundenheit alles Irdischen unter der Sonne gehörte. Marianne hatte noch immer den Kopf an Lenis Kopf gelehnt. Wie konnte dann später ein Betrug, ein Wahn in ihre Gedanken eindringen, daß sie und ihr Mann allein die Liebe zu diesem Land gepachtet hätten und deshalb mit gutem Recht das Mädchen, an das sie sich jetzt lehnte, verachteten und anzeigten. Nie hat uns jemand, als noch Zeit dazu war, an diese gemeinsame Fahrt erinnert. Wie viele Aufsätze auch noch geschrieben wurden über die Heimat und die Geschichte der Heimat und die Liebe zur Heimat, nie wurde erwähnt, daß vornehmlich unser Schwarm aneinandergelehnter Mädchen, stromaufwärts im schrägen Nachmittagslicht, zur Heimat gehörten.

Ein Hohelied der Freundschaft, der Verbundenheit mit der Heimat und den liebsten Freundinnen der Jugendzeit. Die einzige wirklich autobiografische Erzählung der Schriftstellerin – eine ihrer schönsten überhaupt. Geschrieben wurde sie in Mexiko 1943/44, in einer Zeit, als die Erinnerung an die Heimat, an Kindheit und Jugend in Mainz, für Anna Seghers überlebensnotwendig geworden war. Wer erfahren will, wie sie wirklich war, woher sie kommt und was alles sie auf ihre lange Lebensreise mitgenommen hat aus der Vaterstadt Mainz, der findet die Antwort im »Ausflug der toten Mädchen«.

Ein scheinbar paradoxer Titel, denn: Tote Mädchen können keinen Ausflug machen. Aber sie können es doch, in der Erinnerung der Schriftstellerin werden sie noch einmal jung und lebendig, jene Frauen, die einst als Schulmädchen die besten Freundinnen von Netty Reiling waren. Erzählt wird von einem Dampferausflug auf dem Rhein, dem Strom, an dem Anna Seghers ihre Kindheit und Jugend verbringt, an dessen Ufern viele ihrer literarischen Texte angesiedelt sind, etwa die frühe Erzählung »Jans muß sterben« oder der Roman »Das siebte Kreuz«. Es ist die Zeit vor dem Ersten Weltkrieg, als die Welt noch heil war und es keine Rolle spielte, wer von ihnen Jüdin ist und wer nicht. Marianne, Leni und Netty, die drei unzertrennlichen Freundinnen, fühlen sich einander verbunden durch gleiche Erfahrungen, ähnliche Herkunft aus kulturell gebildeten, guten Bürgerfamilien, vor allem aber durch das starke Gefühl der Zuneigung, das jede von ihnen für die beiden anderen in sich trägt.

Ein Tag in der schönsten Jahreszeit, Mai oder Juni, die Natur steht in voller Blüte, Kastanien, Flieder und Jasmin prangen mit ihrer Blütenpracht, alles duftet – beinahe eine Idylle. Die Mädchenklasse des Gymnasiums macht auf ihrem Ausflug Rast auf der Kaffeeterrasse am Rhein. Wie drei Kücken hinter der Ente, so ziehen die drei Freundinnen hinter einer der Lehrerinnen her. Der Duft von Kaffee und frisch gebackenem Kuchen durchzieht die Szenerie. Das Gesumm der jungen Stimmen tönt wie ein Bienenschwarm. Alles ist da, was den Sehnsuchtsraum der sich erinnernden Erzählerin ausmacht: die Dörfer und Hügel auf dem gegenüberliegenden Rheinufer, die sich in einem Netz von Sonnenkringeln im Fluss spiegeln; die Schulfreundinnen und die Lieblingslehrerin, Fräulein Sichel. Und dann fährt ein holländischer Dampfer mit einer Kette von acht Schleppkähnen mitten durch die Szene, ein solcher Dampfer, auf dem Jahre später der Flüchtling Georg Heisler seinen Häschern entkommen wird. Dieses holländische Schiff ist eine Reminiszenz zugleich an die Vergangenheit – denn mehrere Erzählungen von Anna Seghers nehmen Bezug auf Holland, und dorthin hatte sie als Mädchen Ferienreisen mit den Eltern unternommen – wie auch an die Zukunft: Erst unter der Hitler-Diktatur wird es für die Verfolgten im »Siebten Kreuz« notwendig, aus der deutschen Heimat zu fliehen. Holland symbolisiert damit die Hoffnung auf den Bestand der Menschlichkeit, des Mitgefühls mit allen, die Hilfe brauchen.

Noch aber ist Gegenwart, eine friedliche Zeit. Noch sind die jungen Männer, in die sich die Schulfreundinnen verliebt haben, nicht als Soldaten im Weltkrieg gefallen. Keines von den Mädchen kann sich vorstellen, dass in Deutschland schon bald etwas vorfallen wird, das sie einander entfremdet und sie plötzlich auf getrennten Ufern stehen lässt. Nichts, so denken sie, wird sie je entzweien können.

Leni mit den eckigen Knopfschuhen, die sie immer vom älteren Bruder auftragen musste. In der Erinnerung sieht man ihrem jungen Gesicht noch nichts an von »den grimmigen Vorfällen«, die später ihr Leben verderben werden. Vielmehr ist ihr Gesicht »glatt und blank wie ein frischer Apfel«. Schon im Roman »Das siebte Kreuz« kann man lesen, wie sehr das Bild des Apfels, der auf den Rheinauen so gut gedeiht, für die Erzählerin zum Sinnbild der Heimat geworden ist.

Marianne, das hübscheste Mädchen der Klasse, hochgewachsen und schlank, die aschblonden Zöpfe in Kringeln über den Ohren aufgesteckt. Die Erzählerin vergleicht die Züge in ihrem edel und regelmäßig geschnittenen Gesicht mit den Gesichtern steinerner Mädchenfiguren in mittelalterlichen Domen, heiter und anmutig. »Man sah ihr ebenso wenig wie einer Blume Zeichen von Herzlosigkeit an, von Verschulden oder Gewissenskälte.« Und doch wird die eine Verrat begehen an der anderen.

Am Ende des Ausfluges nähert sich der Dampfer mit einem kühnen Anlegebogen der Stadt. Das Bild der Heimatstadt schließt alles das ein, was Netty Reiling, was Anna Seghers in der Erinnerung festhalten will in der Fremde, in der sie nun seit vielen Jahren lebt. In dieser Region, in der Stadt Mainz und ihrer Umgebung mit den lieblichen Rheinauen, so sagt die Schriftstellerin einmal, empfing sie, »was Goethe den Originaleindruck nannte«. Das ist der Grund, auf dem sie im Leben steht, die kulturelle Mitgift, die sie ein Leben lang begleitet. Die Schriftstellerkollegin Elisabeth Langgässer erinnert sich in einem Brief im Mai 1947 aus Berlin, »am ›Tag des freien Buches‹ bin ich, neben ihr sitzend, fast mit auf das Bild geraten, und sie meinte: ›Mir zwei könne doch zusamme drauf, und drunner solltense schreiwe, dass wir aus Mainz sinn, das is wichtiger als alles.‹ So ist sie also *auch* wieder.« Und im selben Brief beschreibt sie dem Freund die Seghers: »Hat ein wunderschönes, flächiges Barlach-Gesicht unter schneeweissen, glatten Haaren, unerhörte schwarze Augen u. einen trotzigen, gewölbten Kindermund.«

Damals, in der Zeit des Dampferausflugs, waren sie gleichaltrige junge Mädchen aus jüdischem Hause. Vielleicht hatten beide in Mainz dieselben Lieblingswege. Als das Panorama der Stadt auftaucht, erkennt die Ich-Erzählerin »nach und nach schon vertraute Straßenzüge und Dachfirste und Kirchtürme unversehrt und vertraut, gleich längst untergegangenen Orten in Märchen und Liedern«. Es ist, aus der mexikanischen Gegenwart heraus, ein erinnerndes Wiedererkennen, wie es deutlicher und greifbarer nicht sein kann. Nur das Unversehrte darin ist ein Wunschbild, denn als Anna Seghers 1943 in Mexiko diese Erzählung beginnt, weiß sie bereits: Ihr Mainz ist vom angloamerikanischen Bombern so stark zerstört, dass sie es vielleicht nicht wiedererkennen würde. Selbst der Dom liegt in Trümmern und die wunderbare Kirche St. Stephan, für deren leere Fensterhöhlen viel später der Künstler Marc Chagall die tiefblauen Kirchenfenster mit den Motiven der biblischen Geschichten entwerfen wird. Tief in ihr aber sind die unversehrten Türme und Zacken der Stadt noch da gleich untergegangenen Orten in alten Liedern und Märchen.

Eine Stadt jedoch kann man wieder aufbauen, sei sie noch so verwüstet. Nicht aber die zerstörten menschlichen Beziehungen. *Diese gemeinsame Fahrt*, an die sie niemand erinnert hat, *als noch Zeit dazu war*, bildet das Erinnerungszentrum der Schriftstellerin, die nach einem schweren Verkehrsunfall in Mexiko-City 1942 allmählich ihre Kräfte wiedererlangt. In dem Maße, in dem das Erinnerungsvermögen zurückkehrt, versichert sie sich ihrer Wurzeln, der Herkunft aus der Mitte der jüdischen Familie Reiling in Mainz. Die Wiedererinnerung richtet sich zuerst auf Kindheit und Jugend und wird verankert im verloren geglaubten Namen der Mädchenjahre – Netty: »Mit diesem Namen hatte mich seit der Schulzeit niemand mehr gerufen.« So werden die engen freundschaftlichen Bindungen jener vergangenen Jahre zum Inbegriff des Verlusts, den sie erlitten hat. Diese Verbundenheit *aneinandergelehnter Mädchen*, die einander aus tiefstem Herzen vertrauen können, wird es nicht mehr geben. Das Bild auf dem Rheindampfer *im schrägen Nachmittagslicht* verkörpert für sie *die Heimat*. Die schöne Formulierung von der *großen Verbundenheit alles Irdischen unter der Sonne* lässt bereits den Titel ihres Nachkriegsessays aufscheinen, den sie »Glauben an Irdisches« nennen wird: Vielleicht, so legen die Gedanken dieser Szene nahe, hätte alles doch noch anders kommen können, wenn nur jemand ihnen, diesen deutschen Mädchen, rechtzeitig bewusst gemacht hätte, dass gerade sie in ihrer tiefen Verbundenheit über alles Trennende hinweg die Heimat verkörpern. Dann hätte die Ideologie des Nationalsozialismus niemals solche Macht über sie und ihre Familien erlangen können. Dann hätte die schöne Marianne, die später einen hohen Nazi geheiratet hat, niemals den Notschrei ihrer Freundin Leni überhört, der sie jetzt so zärtlich den Arm um die Schultern legt. Sie hätte, als Lenis Mann wegen seines Widerstands gegen den Faschismus verhaftet wurde, sie selbst ins Frauenkonzentrationslager eingeliefert wird und ihre kleine Tochter allein dasteht, nicht so jämmerlich versagt. Wäre Mariannes Liebster, der rechtschaffende Otto Fresenius, nicht im Weltkrieg von einer Granate zerrissen worden, hätte er sicherlich erreicht, dass sich in seiner Frau der Zug von Rechtlichkeit und »gemeinsam geachteter Menschenwürde« fest eingeprägt.

Aber nicht nur die liebsten Freundinnen sind verloren. Auch ihre Eltern wird sie nie mehr wieder sehen, selbst wenn sie heimkehren könnte. Als Netty nach dem Abschied von Leni und Marianne an der Dampferanlegestelle den Heimweg antritt, ist sie noch ganz sicher, dass die Mutter sie zu Hause, an der Tür zur Wohnung erwarten wird. Sie sieht sie gar schon von der kleinen, mit Geranienkästen verzierten Veranda herab winken. Wie jung die Mutter aussah, denkt die Erzählerin plötzlich: »viel jünger als ich«. (Anna Seghers selbst nämlich war, obgleich erst 42 Jahre alt, nach ihrem schweren Unfall ganz und gar ergraut. Ihr weißes Haar lässt sie von nun an stets älter erscheinen, als sie ist.) Doch plötzlich erscheint ihr die Treppe »unerreichbar hoch, unbezwingbar steil«, die Beine versagen ihr, der Abstand von der Tochter zur Mutter ist nicht mehr zu überwinden: Im Exil hat Anna Seghers die schreckliche Nachricht erreicht, die Mutter Hedwig Reiling sei in ein deutsches Konzentrationslager deportiert worden. Das war gleichbedeutend mit Tod. Nur als ganz kleines Kind habe sie manchmal eine solche Bangigkeit verspürt, irgendetwas Schlimmes könne geschehen und sie von den Eltern trennen. Der Gedanke, die Mutter würde umsonst auf sie warten, ist der Tochter ein Trauma. Etwas nicht mehr gut zu Machendes hindert sie am Wiedersehen mit der Mutter. Und der Trost, der Vater würde sie ja finden, wenn er von der Arbeit nach Hause kommt, *er war ja gar nicht tot*, ist nur ein lindernder Selbstbetrug, das weiß sie selber bald genug.

Der »graublaue Nebel von Müdigkeit«, der alles einhüllt, ist ein besonderes Zeichen der Wahrnehmung: Er liegt über der Szene im Treppenflur des Elternhauses ebenso wie über jener in dem mexikanischen Dorf zu Beginn der Erzählung, wo Anna Seghers sich zur Erholung von ihrem schweren Unfall aufhält, der Dorfplatz ausgeglüht von der Sonne und flimmernd vor Hitze. Der Weg, heißt es, war so weiß, »daß er in die Innenseiten der Augenlider geritzt schien«. Sie weiß nicht, ob dieser »flimmrige Dunst« aus Sonnenstaub besteht oder aus ihrer eigenen Müdigkeit und Erschöpfung.

Solch ein sonderbarer Nebelvorhang hängt zuweilen über dem Erzählen der Schriftstellerin und verleiht ihm einen unnachahmlichen, geradezu suggestiven Ton. Alles Grelle ist daraus verschwunden, alles Vordergründige tritt zurück: Anna Seghers zieht ihren Leser ganz direkt und ganz persönlich in den Zauber ihrer Prosa hinein. Das Geheimnisvolle und Wunderbare leuchtet einem dann aus den scheinbar alltäglichen Verrichtungen der Figuren entgegen, man ist gefangengenommen vom Sprachgestus, von der Blickrichtung ihres Erzählens, das immer weiter vorstößt in die inneren Zusammenhänge. Und man fragt sich: Wie macht sie das nur, dass ich sie da stehen sehe vor dem Rancho in den Bergen Mexikos, erschöpft vor Überanstrengung, und nicht mehr von ihr wegschauen kann. Da steht sie, und unter der Last der Erinnerung und des Schmerzes um die Mutter schwankt ihre schmale, zerbrechlich wirkende Gestalt ein wenig hin und her.

Die Dichterin Ingeborg Bachmann (1926–1973), vom selben Jahrgang wie der Sohn von Anna Seghers, hat kurz vor dem Ende ihres Lebens über eines ihrer schönsten Gedichte gesprochen, »Böhmen liegt am Meer«, und nennt es »das Gedicht meiner Heimkehr, nicht einer geographischen Heimkehr, sondern meiner geistigen Heimkehr«. In den Verszeilen heißt es: »Ich will zugrunde gehn./ Zugrund, das heißt zum Meer/, dort find ich Böhmen wieder./ Zugrund gerichtet, wach ich ruhig auf./ Von Grund auf weiß ich jetzt,/ und ich bin unverloren«. Jenes imaginäre »Böhmen« im Gedicht ist eine Vision der Hoffnung der Menschen »auf das Land ihrer Verheißung«. Vielleicht haben alle Dichter solch einen liebsten Text, in dem ihre Sehnsucht und Hoffnung auf Heimat und Heimkehr sich am stärksten Ausdruck verschafft. Ich denke, für Anna Seghers war es die Erzählung »Der Ausflug der toten Mädchen«, mit der sie ihre Heimkehr nach Deutschland innerlich vorbereitete. Auch sie war »unverloren«, als sie sich ihrer Verwurzelung in der deutschen Heimat versicherte.

Das Argonautenschiff

Seit ihn das geraubte Vlies vor Zeit und Unbill schützte, waren für ihn ein paar erregende Stunden, in Wirklichkeit Jahre vergangen. Er sah sich zum erstenmal Medea, seine Geliebte, gründlich an. Die Liebe war zuerst rasend gewesen, der erste Anblick hatte ihn bis zu dieser Sekunde selbst verzaubert. Er stellte verwundert fest: Aus der kindlichen, beerenäugigen Zauberin war eine erwachsene Hexe geworden. [...] Er war aber später auch über ihren Tod am Verzweifeln, wie bei der Rückkehr über den Tod seiner Mutter. So viele Opfer, wie ihm diese beiden Frauen gebracht hatten, waren unwiederholbar, unwiederbringlich.

Beinahe nur eine Randerscheinung in der Erzählung von Jason und dem Argonautenschiff ist der Medea-Mythos. Fast könnte man ihn überlesen in der abenteuerlichen Geschichte des Jason. Und doch ist diese Szene etwas so Bedeutsames bei Anna Seghers, dass man sich an ihr festliest. Denn diese Beziehung zwischen Mann und Frau ist so einzigartig, dass die Erzählerin ihr wunderbare Worte widmet.

Der Tod Medeas wird mit dem Tod der Mutter in einem Atemzug genannt. Es sind die beiden Frauen, die für Jason die wichtigsten in seinem Leben waren. Medea, die Tochter des Königs von Kolchis, war Priesterin im Tempel, in dem das Goldene Vlies aufbewahrt wurde. Dieses Widderfell zu rauben und als Beute nach Griechenland zu bringen, war Jasons Auftrag von seinem bösen Onkel. Dieser hatte Jasons Vater getötet und den Sohn um den Thron betrogen. Nun schickt er ihn, voller List und Bosheit, mit dem Schiff Argo auf die gefährliche Reise ins Land der Kolcher – hoffend, auf diese Weise den rechtmäßigen Erben für immer loszuwerden. Doch die Göttin Pallas Athene selbst hatte beim Bau der Argo Hand angelegt und eine Planke in den Schiffsrumpf eingefügt. So stand es unter ihrem Schutz. Jason hatte eine Mannschaft mutiger junger Männer zusammengebracht, die mit ihm das Abenteuer wagen wollten – die Argonauten. An den Gestaden von Kolchis trifft der strahlende Held Jason nun auf die Priesterin Medea, die schöne und zauberkundige Bewahrerin des Goldenen Vlieses. Ihr Vater, der König, stellt Jason solche schwierigen Mutproben als Bedingung, dass es aussichtslos erscheint, auch nur an das Erringen des Vlieses zu denken. Doch Medea ist beim Anblick des jungen Fremden in Liebe entbrannt – ein Feuer verzehrt sie, das alle ihre bisher geltenden Werte verdrängt: Heimatliebe, Tochtergehorsam, ihr Amt als Priesterin. Nun will sie nur noch eines: diesen Mann erringen. Statt es zu hüten, liefert sie dem Eindringling den kostbarsten Schatz aus, den ihr Volk verehrt: das Goldene Vlies. »Den eigenen Göttern war sie, aus Liebe zu ihm, dem Fremden, untreu geworden«, heißt es in der Erzählung. Sie hat Jason dann mit ihren Zauberkräften »bei allem, zu allem geholfen«. Aber auch Jason ist von Medea wie verzaubert. »Sie glich einer schwarzen Blume«, wird sie beschrieben, »sie glich nichts, was er jemals gesehen hatte, sie glich nichts, worauf er jemals in Träumen verfallen war.« Das Fremde, unsagbar Schöne und Geheimnisvolle fasziniert mehr als jedes andere, das der Gewohnheit vertraut ist.

Auf der gemeinsamen Flucht aus Medeas Heimat greift sie zum äußersten Frevel, den sich ein Mensch nur ausdenken kann: Sie opfert den eigenen Bruder und streut die Teile seines toten Körpers hinter sich auf den Weg, um die Verfolger aufzuhalten. So kehrt Jason mit seiner Braut nach Griechenland zurück. Doch das Schicksal hat ihnen kein friedliches, erfülltes Familienglück beschieden. Zwar haben sie zwei Söhne miteinander. Doch Jason muss, »wie es das Volk verlangte«, die Tochter seines Onkels zur Frau nehmen. In dieser Begebenheit kulminiert die tradierte Sage aus dem griechischen Altertum, in der Medea durch die Jahrtausende der Überlieferung als die Zauberin und Kindsmörderin stigmatisiert wird. Im »Argonautenschiff«, da es ja eine Nebenhandlung ist, braucht Anna Seghers nur einen einzigen Satz, um die Katastrophe im Hintergrund sichtbar zu machen: »Jason war am Verzweifeln, als seine schwarze Hexe in ihrer Eifersucht alles vernichtete, das Fest, die Braut und die Gäste, sogar ihre eigenen Kinder und ihre eigene Würde und Ehre.« Über die Art und Weise von Medeas Tod erfährt man hier nichts weiter.

Von besonderem Gewicht aber ist das, was der Text über die beiden Frauen sagt, Mutter und Geliebte: *So viele Opfer, wie ihm diese beiden Frauen gebracht hatten, waren unwiederholbar, unwiederbringlich.* Zuweilen hat man der Erzählerin Anna Seghers unterstellt, sie hätte kein besonderes Augenmerk für das Leben der Frauen. Ihre Frauengestalten würden immer nur im Schatten der Männer stehen. Hier findet sich eine solche literarische Stelle, die genau das Gegenteil bezeugt: Jason, Hauptfigur der Erzählung und kämpferischer Held, wird sich im Angesicht des eigenen Todes dessen bewusst, was diese beiden Frauen für ihn getan haben: nämlich mehr, als jeder andere Mensch, seine tollkühnen Gefährten der Reise mit der Argo eingeschlossen, jemals für ihn getan hat oder tun würde. Frauen, die lieben, stehen mit einer bedingungslosen Liebe für den Mann ein – Geliebter oder Sohn –, aufopfernd und hingebend. Vieles im Leben kann man ersetzen, verlorene Dinge kann man sich wiederbeschaffen, sogar manche Taten kann man noch einmal vollbringen, aber die Aufopferung von Mutter und Geliebter sind einzigartig. Eine Mutter zumal hat jeder nur einmal. Das ist Jasons ureigene Erfahrung. Wenn er sie auch über die unendlich lange Zeit seines irdischen Daseins verdrängt oder vergessen hatte, so bricht sie sich doch im entscheidenden Moment in seinem Herzen Bahn.

Die ausgewählte Szene spielt sich ab am Ende eines langen, langen Lebensweges von Jason. Er liegt unter dem morschen Wrack seines Schiffes, der Argo, das im Heiligen Hain seiner alten Heimat an einem starken Baum aufgehängt wurde. Dort soll es die Erinnerung des Volkes an die Heldentaten aufrecht erhalten, die einzelne mutige Männer in alten Zeiten zum Ruhm der Heimat vollbracht haben. Als ein Sturm aufzieht, schwankt der Schiffsrumpf bedrohlich hin und her, die alten Seile knarren und können jederzeit unter der Last reißen. Jason, der erfahrene Seemann, weiß genau, was dieser Sturm bedeutet. Er hat Jahrzehnte, vielleicht Jahrhunderte vor sich hingelebt und das immer wieder Gleiche erlebt, bis zum Überdruss, denn das Vlies, das er seit damals um die Schultern trägt, schützt ihn vor dem Altern und jeglicher Unbill. Er blieb für immer an die Gestalt seiner jungen Jahre gebunden, doch diese Jugend war unecht und abgenutzt wie von zu langem Gebrauch – oder von Zauberei. Nun aber sieht er seinen Tod heraufziehen, und obgleich er noch Zeit hätte, aufzuspringen und sich in Sicherheit zu bringen, verschränkt er untätig seine Arme unter dem Kopf und berührt mit seiner lebendigen Haut die nackte, warme, mütterliche Erde. In diesen Augenblicken, den letzten wohl, bevor das Wrack auf ihn herabstürzt, jagen ihm die Erlebnisse seiner Vergangenheit, seiner echten Jugend, durch den Kopf. Ein Gefühl der Dankbarkeit füllt ihn mit einemmal aus, ja er kann überhaupt seit langem zum ersten mal wieder fühlen. Und er entscheidet sich bewusst für seinen Tod – für einen natürlichen Tod, mit dem sein ihm einst vom Orakel prophezeites Schicksal sich erfüllt: Er wird mit seinem Schiff zugrunde gehen, »wie es das Volk seit langem in Liedern und Märchen erzählte«.

Die Toten bleiben jung

Wie dünn ist die Haut auf dem Vieh von Mensch! Wie fadenscheinig ist das Gewebe von alledem, was sie seit ein paar tausend Jahren gelernt haben. Ganz oben drauf. Und wir, wir haben uns mal eingebildet, es stecke ihnen in Fleisch und Blut. Jetzt müssen wir noch mal ganz von vorn anfangen. Die zehn Gebote: Du sollst nicht stehlen, du sollst nicht töten. Wie alles dünn war, was unsere Lehrer gelehrt haben und unsere Dichter gedichtet. Wie dünn! Und unsere Pfarrer gepredigt. Es war so dünn wie die Haut.

Als der Krieg zu Ende war und Anna Seghers heimkehren konnte nach Europa, hatte sie im Gepäck ein Romanmanuskript, das sie in Mexiko begonnen hatte zu schreiben und nun in ihrer Heimat vollenden will. Die Buchausgabe erscheint 1949 im neugegründeten Aufbau-Verlag.

Die Toten bleiben jung – ein geniales Bild als Titel des Romans. Es assoziiert ein weites Feld von Bedeutungen: Menschen, die jung sterben, altern nicht, sie behalten in unserem Gedächtnis ihr junges Gesicht. Diese Toten bleiben für immer jung. Die Handlung erzählt von zwei Männern, die beide erschossen werden, und sie sind Vater und Sohn. Der eine, Erwin, wird Anfang 1919 während der revolutionären Unruhen in Berlin von Freikorpsoffizieren ermordet. Der andere, sein Sohn Hans, Soldat im Hitlerkrieg, wird am Ende ebenfalls erschossen. Die beiden Frauen, die sie geliebt haben, bekommen jede ein Kind, wenn die Männer schon tot sind. Das Leben wird gewissermaßen weitergegeben an die nächste Generation, vom Vater an den Sohn, von der Mutter an ihr Kind. So bleiben die Toten in ihren nachgeborenen Kindern jung – auch wenn sie diese niemals kennenlernen. Es schwingt darin das uralte Motiv von Tod und Auferstehung, das in den Mythen so vieler Völker die Überlieferung tradiert.

Es ist der Roman, in dem Anna Seghers eine ganze historische Epoche bilanziert: die Zeit vom Ende des Ersten bis zum Ende des Zweiten Weltkriegs. Es ist ihre Epoche, die sie erlebt und durchgestanden hat, und das war eine Epoche tragischer Ereignisse. Die Worte, die zu einem Dialog zweier verwundeter Wehrmachtssoldaten gehören, auf der Fahrt vom Lazarett in die zerbombte Heimatstadt, sind ernüchternd und illusionslos, aber nicht verbittert. Der Anfang des Nationalsozialismus in Deutschland und des von ihm losgebrochenen Krieges bedeutet auch das Ende der Aufklärung. Die junge Generation, die aus dem Krieg heimkehrt, hat alle Illusionen gründlich verloren. Kritische Geister können nur feststellen, dass alles, was sie *seit ein paar tausend Jahren gelernt haben*, heute keinen Bestand mehr hat. Die geistigen Werte ihrer Zivilisation sind ins Wanken geraten. Die Wirklichkeit selbst hat sie entwertet. Auch die christlichen Gebote haben sich nicht stark genug erwiesen, die Menschheit vor Verbrechen und unvorstellbaren Grausamkeiten zu bewahren. Das *Vieh von Mensch* ist zu allem fähig, wenn politische Kräfte, die eine menschenverachtende Herrschaft aufrichten, ihn dahin drängen – selbst zur Vernichtung der eigenen Gattung. Der Rückfall in die Barbarei hat stattgefunden im Namen einer Kultur, auf die Europa einst stolz war. Das, was die Dichter hinterlassen haben, und das, was die Lehrer in den Schulen ihren Schülern ins Leben mitgegeben haben, stellt sich als untauglich heraus. Die humanistische Bildung, auf die Deutschland einmal so stolz war, ist wirkungslos und zerschlissen. Das Volk der Dichter und Denker – zur hohlen Phrase geworden. Ja selbst das, was *unsere Pfarrer gepredigt haben*, war keine wirksame Hilfe, die Gefährdungen dieser entsetzlichen Epoche zu bestehen, dem Teufel zu widerstehen. Auch die Kirche als Institution hat versagt. Tatsächlich, wie *dünn die Haut* – es ist nur eine dünne Schicht der Zivilisation, und darunter kommt die Bestie zum Vorschein. Wie hatte es zu dieser Katastrophe kommen können? Wer in eine solche Geschichte hineingeworfen ist, hat eine grundsätzliche Entscheidung zu treffen, so oder so.

Der junge Soldat Hans und sein Kamerad Schilling unterhalten sich im Unterstand. Sie machen sich klar: Einen Einzelnen kann man aufhängen, mit dem Tode bestrafen, doch ein ganzes Volk nicht. Man muss noch einmal *ganz von vorn anfangen*. Das bedeutet eben, trotz allem nicht aufzugeben, das deutsche Volk nicht verloren zu geben. Immer ist die Geschichte weitergegangen, auch wenn in manchen Epochen alles an ein Ende gekommen zu sein schien. Die Katastrophe kann und wird nicht das letzte Wort sein. Die, die eine Vision haben, wie das Leben ihres Volkes nach dem Ende des Schreckens weitergehen kann, tragen auch eine Verpflichtung dazu, diese Vision Realität werden zu lassen. Hans versucht im letzten Augenblick, seine Kameraden zum Desertieren zu überreden. Es gelingt nicht, sie fliegen auf.

Der Major von Wenzlow hatte als ganz junger Leutnant 1919 Erwin, den Vater von Hans, erschossen. Dann, im Kessel von Berlin, Februar 1945, vor der endgültigen Niederlage der Hitlerwehrmacht, begegnet er den drei jungen deutschen Soldaten, die zum Erschießen geführt werden, und wie damals sein vorgesetzter Offizier, ruft er jetzt dem Erschießungskommando zu: »Macht Schluß!« Irgendwo in den Tiefen seines Gedächtnisses war das Gesicht jenes ersten Opfers eingegraben, ein ihm Gleichaltriger damals, mit einem »frechen Gesicht«, auffällig sein »glasheller, spitzer Blick«. Wer ist dieser Junge mit dem Gesicht voll aufrührerischem Trotz? Nun wird ihm klar: Den hatte er schon einmal im Leben gesehen – »wo, wann?« Auf einmal, als er selber nur Augenblicke davon entfernt ist, mit dem eigenen Leben Schluss zu machen, fällt es ihm wie Schuppen von den Augen: Das ist der aus den Tagen der Spartakusaufstände in Berlin, der den Kopf zurückgeworfen hatte wie ein junges Pferd, aufsässig, eigensinnig. Wie jedoch war der so jung geblieben, wo doch wahrscheinlich alle, die damals mitgemacht hatten, längst tot waren? Wieso schien dem der Tod nichts anzuhaben? Er kann sich das nicht erklären, wieso der Tote sein junges Gesicht behalten hatte – als einziger. Auf den Gedanken, es könnte der Sohn des Ermordeten sein, kommt der Mörder nicht.

Anna Seghers erzählt keine Geschichte voller Optimismus und Siegeszuversicht, denn zu deutlich sieht sie, wie wenig ihr Volk aus den beiden großen Kriegen gelernt hat, aus dem Geschichtsverlauf der letzten dreißig Jahre. »Es geht ihnen allen so verdammt dreckig«, schreibt sie desillusioniert in einem Brief vom 31. Juli 1947, erst wenige Wochen zurück in Berlin, über die Menschen, die sie zu Hause vorfindet, »sie sind so fürchterlich schuld daran, sie kapieren das absolut nicht, die paar Anständigen sind so verdammt anständig, dass alles andere einem lau und verschmiert vorkommen wird.« Von dieser Erfahrung geht viel in den Roman ein, der sich mit der Rückkehr nach Deutschland tatsächlich zur Epochendiagnose rundet. Eine sozialistische Zukunft wird hier nicht entworfen, davon kann noch gar keine Rede sein. Nur das Bild der Stafettenweitergabe birgt die Hoffnung in sich, dass das Gute im Menschen weitergetragen werden kann: Das Mädchen Emmi trägt das ungeborene Kind von Hans in sich. Sie, die jungen Toten, haben jemanden, der ihnen nachfolgt. Sie hinterlassen etwas in der Welt, was die Erinnerung an ihre Existenz bewahren wird – und im besten Falle auch ihr aufrührerisches Denken. Findet sich doch in Anna Seghers' Erzählung »Der Führer«, in der es um den Freiheitskampf des äthiopischen Volkes geht, das entscheidende Bekenntnis: »Wenn es keine Zukunft mehr gibt, ist das Vergangene umsonst gewesen.« Es muss eine Zukunft geben!

Die Verbindungsperson zwischen der Geschichte im Ersten und der im Zweiten Weltkrieg ist die junge Frau, die das Kind von Erwin zur Welt bringt, als dieser schon tot ist. Wieder ist es eine Marie, die die Erzählerin ihre Idee verkörpern lässt: Die Marienfigur als die Mütterliche an sich. Auch sie hat, wie so viele Marien bei Anna Seghers, etwas Besonderes an sich, einen hellen Schein im Haar und eine außergewöhnliche Geduld und Liebesfähigkeit im Herzen. Sie ist auch den Kindern des verwitweten Geschke, den sie nach Erwins Tod zum Mann nimmt, eine fürsorgliche Mutter. Emmi, »die Liebste ihres Sohnes«, kommt zu Marie, als beide längst keine Nachricht mehr von Hans haben. Sie, die selbst ein Kind erwartet, fühlt dieses Besondere und erkennt, dass Marie »etwas innewohnte, das gut tat«. Es wird auch sie ermutigen, auf das Leben zu vertrauen.

Die Hochzeit von Haiti

Die Kommissare hatten oft einen Namen nennen hören. Mit Angst, mit Hoffnung, mit Abscheu, mit Vertrauen, in all den Tönen, mit denen ein Name genannt wird, mit dem die Menschen an schwierigen Tagen rechnen. Toussaint, wie er plötzlich hieß, hatte seine Bande zu einer Truppe gemacht. Er hatte sie in den Wäldern einexerziert. Sie gehorchten ihm aufs Wort. Sie hätten, mit den Soldaten aus Frankreich zusammen, die Republik schützen können. […] Die weiße Kultur erschien ihm ein strahlendes, unermeßliches Schloß. In seine armseligen Knabenjahre war davon ein Abglanz gefallen, der ihm das Leben wert gemacht hatte. Man durfte sie nie gering schätzen, weil sie von den Weißen ausgedacht war. In einem besseren Leben musste man alle Menschen daran teilnehmen lassen. Man musste denselben Glanz auf alle Leben fallen lassen.

Die karibischen Geschichten, die Anna Seghers schrieb, sind ihr ganz nahe. Kein fremder Stoff. Denn seit sie im mexikanischen Exil lebte, hat sie sich, mit ihrem wachen historischen Interesse, für die Geschichte jener Völker brennend begeistert. Sie fand, wir wissen in Europa viel zu wenig von den Ereignissen und den Menschen in Lateinamerika. In ihrem Zimmer in Berlin hängt sie eine alte Landkarte auf, die die Antilleninseln zeigt, die Großen Antillen, zu denen Kuba, Haiti und Jamaika gehören, und rechts darunter wie ein

Halbmond die Kleinen Antillen, unter ihnen die Insel Martinique, auf der die Familie Radvanyi während der Flucht von Frankreich nach Mexiko im April 1941 interniert war. Diese historische Karte aus dem Jahr 1656, gefunden vielleicht in einem Antiquariat in Mexiko, ist ihr eine bedeutsame Erinnerung, und die Inseln darauf werden zu einem literarischen Ort für die Dichterin. Denn immer wieder schreibt sie Erzählungen, die dort spielen, die Zyklen »Karibische Geschichten« (1962) und, ganz zuletzt, »Drei Frauen aus Haiti« (1980). Damit kommt sie, viele Jahre später, noch einmal auf etwas zurück, was einen entscheidenden Interessenpunkt ihres Schriftstellerlebens markiert.

In der Geschichte von einer Hochzeit auf der Antilleninsel Haiti, entstanden 1948/49, wird von einem Weißen und einem Schwarzen zur Zeit der Französischen Revolution erzählt: Michael Nathan, Sohn eines jüdischen Edelsteinhändlers, ausgewandert von Frankreich nach Haiti. Und Toussaint L'Ouverture, der Negersklave, der sich zum Führer der Sklavenaufstände entwickelt und die Negerrepublik Haiti ausruft. Der eine eigene Verfassung in Kraft setzt. Damit hatte er etwas Unerhörtes gewagt: die Menschenrechte, die die Revolution in Frankreich proklamierte, für alle einzufordern, auch für die Sklaven in den Kolonien. Mit den von der Revolution entsandten Kommissaren will er die Republik gegen ihre Feinde verteidigen. Über Haiti weht, so lange er Macht hat, die Trikolore: »Hier glühte ihr Rot noch röter; ihr Blau noch blauer; ihr Weiß glänzte noch weißer.« Die Schriftstellerin muss fasziniert gewesen sein von der Gestalt dieses Mannes (1743–1803), den man auch den schwarzen Napoleon nannte. Er hat sie nie losgelassen. Auch er ist einer jener Besonderen, Einzigartigen, die im Werk von Anna Seghers immer wieder auftauchen – von Hull bis zu Jason, vom Bischof Jehan bis zu Odysseus – und über die Christa Wolf einmal sagt, sie seien »gebrannt von der Gier nach Leben«. Immer sind sie es, die andere in ihr Schicksal stoßen. Trüge er nicht diese Gier nach Leben in sich, nach dem prallen, bunten Leben, wäre der ehemalige Sklave niemals zu solchen Taten fähig gewesen. In Toussaint sieht Anna Seghers einen, der als einzelner Mensch in nur wenigen Jahren viele Entwicklungsstufen übersprungen habe, »die sie alle zusammen in Generationen kaum meistern konnten«. Noch im Alterswerk, dem Zyklus »Drei Frauen aus Haiti« von 1980, geht es in der Erzählung »Der Schlüssel« vor allem um ihn. Und in ihrem Adlershofer Arbeitszimmer hängt an der Wand ein kleines Bild, schwarz umklebt, das den Freiheitshelden Haitis in der Uniform der Französischen Republik zeigt. So wie der handschriftliche Brief Heinrich Heines oder die Urkunden mit der Signatur Thomas Müntzers begleitete sein Bild sie durch die Jahre ihres Lebens. Anna Seghers hatte, in englischer Sprache, die Biografie Toussaints gelesen. Sie sagte einmal, die Geschichte Lateinamerikas sei voller unbekannter Gestalten und abgelegener Begebenheiten, »in denen sich oft noch greller und schärfer als bei uns, unter anderen Sternen ausdrückt, was auch uns in Atem hält«. Ihr Fluchtschiff aus Marseille war, auf dem Weg nach Mexiko, zunächst in San Domingo gelandet. Bevor sie selber in Lateinamerika lebte, hatte auch sie nichts von ihm gewusst. Nun aber verfolgt sie seine Spuren und findet, er sei einer der bedeutendsten Menschen gewesen, die in der Zeit der Französischen Revolution emporgewachsen sind. Er hatte einen langen Weg zurückzulegen: vom Sklaven auf einem Kolonialgut, den ein aufgeklärter Mönch wenigstens Lesen und Schreiben hatte lernen lassen, zum Führer der Sklavenbefreiung. Überaus wichtig war ihr vor allem, in Toussaint keinen Weißen-Hasser zu sehen, keinen, der nach der Befreiung der Sklaven die Werte der ehemaligen Herren vernichten will. Auch wenn die Schwarzen gedrückt und geknechtet worden waren – der Kultur der Weißen begegnet er mit Hochachtung. *Denselben Glanz*, der von der Zivilisation der Europäer ausstrahlt, würde Toussaint gern *auf alle Leben* fallen lassen. In den Büchern fand sie den Hinweis, Toussaint habe den Sohn eines jüdischen Juweliers als seinen Sekretär und Unterhändler angestellt. Das arbeitet in der Fantasie der Schriftstellerin und verknüpft sich mit einem individuellen Schicksal jenes jungen Mannes, dessen Familie sie den Namen Nathan gibt.

Der junge Nathan war in Frankreich erzogen worden und folgte, auf Wunsch seines Vaters, erst später seiner Familie in die Kolonien nach. Jüdische Händler hatten zu allen Zeiten darauf zu achten, wo sie geduldet waren und einigermaßen erfolgreich ihre Geschäfte betreiben konnten. Zuerst wollte Michael gar nicht auf Haiti bleiben, ihn zog es zurück nach Paris, wo die Revolutionsereignisse wilde Wellen schlugen. Er war dort Mitglied der »Gesellschaft der Freunde der Schwarzen« gewesen und setzte Hoffnungen in die neue, großartige Entwicklung. Doch am Ende ist gerade er derjenige, der bleibt, als die Eltern und Schwestern, zusammen mit vielen reichen Kolonialfamilien, sich nach Europa einschiffen. In Haiti sind die Aufstände losgebrochen, Herrenhäuser und Plantagen gehen in Flammen auf, das Leben der schlimmsten Blutsauger unter den Weißen ist unsicher geworden. Auf ihren riesigen Zuckerrohr- und Kaffeeplantagen, Quelle ihres Reichtums, ist die Arbeit so hart, dass sie auf die Negersklaven angewiesen sind. Weiße Landarbeiter würden die Plagerei in der Höllenglut der Tropeninsel kaum aushalten.

Michael Nathans politische Parteinahme für die Negersklaven wird durch eine Liebesgeschichte nur noch verstärkt. Auf dem Schiff, mit dem er aus Frankreich nach Haiti fährt, ist auf der Insel Martinique auch ein Sklavenmädchen zugestiegen, die seinen Weg immer wieder kreuzen wird. Eine zierliche, ungewöhnlich schöne junge Frau, geschickt zum Schneidern schöner Kleider für die weißen Herrinnen, geschickt aber auch für die Liebe, die viel gibt und nichts fordert. Sie ist es, die, als heimliche Botin, den jungen Weißen eines Nachts zu Toussaint in die Wälder führen wird. Zu allen Zeiten hat sich die Guerilla in den unwegsamen Wald- und Bergregionen versteckt. Michael ahnt noch nichts von seinen künftigen Aufträgen, aber er wäre dem Mädchen gefolgt, »auch wenn sie über das Meer gerannt wäre«. Diese Margot wird er in sein Haus nehmen, als die Familie geflüchtet ist, mit ihr wird er eine Tochter haben. Aber er wird sie auch verlieren in den Unruhen der Kämpfe. Eine richtige Heirat konnte es zwischen ihnen natürlich nicht geben. Die Hochzeit aus Liebe aber findet mental statt, in der außergewöhnlichen Vereinigung eines Weißen und einer Schwarzen. Andere Hochzeiten, die auf Haiti in den Häusern der Aristokraten prunkvoll gefeiert werden, hat die Familie Nathan nur auszustatten mit kostbaren Juwelen. Die Autorin selbst sagt zur Wahl des Titels, sie habe dabei wahrscheinlich an »Die Verlobung von St. Domingo« von Kleist gedacht. Anna Seghers hat stets einen Blick für die Schönheit des menschlichen Körpers, sie wird besungen in vielen ihrer Texte, so auch in der Erzählung »Der Führer« aus dem Zyklus »Die Kraft der Schwachen«. Dort geht es um einen halbwüchsigen Jungen in Äthiopien, der die ausländischen Eindringlinge aus der Kolonialmacht Italien in die Irre führt. Er könne verstehen, sagt einer der Italiener, »daß Engel auf allen Bildern aller Maler Knaben in diesem Alter sind«. Diese engelsgleiche Schönheit, von der Natur wie unberührt von allem Bösen geschaffen, rührt die Erzählerin tief an.

Ebenso jedoch wie diese Erzählung tragisch endet, läuft »Die Hochzeit von Haiti« auf keinen glücklichen Ausgang hinaus. Die kurze Zeit der Negerrepublik auf Haiti geht schnell zu Ende. Napoleon Bonaparte hat sich in Frankreich per Staatsstreich zum Konsul gemacht und wird die Abschaffung der Sklaverei in den Kolonien aufheben. Die Aristokratie findet, es lebe sich doch viel bequemer mit den Diensten der Sklaven als ohne sie. Später wird Anna Seghers noch eine weitere Antillen-Novelle schreiben, die den Titel trägt: »Wiedereinführung der Sklaverei in Guadeloupe«.

Toussaint als erster schwarzer Regierungschef, der die Unabhängigkeit proklamiert hatte, wird bald von den französischen und spanischen Truppen geschlagen. 1802 wird er besiegt und als Gefangener nach Frankreich gebracht. Sein grausames Schicksal erzählt Anna Seghers viel später in »Der Schlüssel« (aus dem Zyklus »Drei

Frauen aus Haiti«) zu Ende. Auch für Michael, der in seinen Diensten steht – heute im Gouvernementspalais wie gestern im Urwald –, geht eine große Hoffnung verloren. Seine Erinnerung an Margot und ihr kleines Kind, die er in die Berge in Sicherheit gebracht hatte, verflüchtigt sich »nach Art von lieblichen, manchmal stechenden, im ganzen schmerzlichen Träumen«. Er wird sie nicht wiedersehen, aber auch nie eine andere Frau lieben. Später heiratet er in Europa eine Frau, die der alte Vater für ihn ausgesucht hat und die ihm gleichgültig bleibt. Seine Träume aber kann ein Mensch nicht verlieren, diese Überzeugung hält die Dichterin in ihrem Erzählen für immer lebendig.

Crisanta

Sie hockte sich auf den Boden, das Kind in ihrem Rebozo. Einmal kam ein Windstoß, der Straße und Menschen mit Staub bedeckte. Crisanta steckte ihren Kopf schnell unter das Tuch zu dem Kind. Die Menschen drängten undeutlich im Staub vorbei. Auf einmal fiel ihr der Ort wieder ein, an dem sie als Kind gewesen war. Das unvergleichliche, unbegreifliche tiefe und dunkle Blau. Das war der Rebozo, das Umschlagtuch der Frau Gonzáles gewesen, und was dahinter strömte, ihr Volk.

Die Farbe blau, hier ist sie wieder, dieser ganz besondere Farbton, der mit nichts anderem zu vergleichen und durch keinen anderen zu ersetzen ist. Auch er ist, wie in manchen Texten ein Name, ein Geruch, zum Schlüsselwort geworden. Dieses Blau bricht in der jungen Frau Crisanta etwas auf, das lange in ihr verschlossen war. Es löst den Strom der Erinnerung aus, so wie einst bei Marcel in Prousts Roman »Auf der Suche nach der verlorenen Zeit« der Geschmack des in Tee getauchten Gebäckstücks die Erinnerung an seine Kindheit wieder zugänglich machte.

Der Moment, da sie den Kopf unter das Tuch zu ihrem Kind steckt, ist wie das Eintauchen in eine Höhle: eine Gedächtniskammer, die man wieder betritt. Erst da wird ihr wieder bewusst, was sie so lange vergessen zu haben glaubte: die eigene Kindheit, das

Aufgehobensein in der Wärme und Zuwendung einer mütterlichen Frau. Die Geborgenheit, die Crisanta nun ihrem Kind geben kann, ist ihr selber einst zuteil geworden. Das ist ein Stück der Kraft ihres Volkes.

»Ihr fragt, wie die Menschen in Mexiko leben?«, beginnt Anna Seghers ihre Erzählung. Es ist, als würde sie, indem sie nun von Crisanta erzählt, die Frage ihrer Freunde beantworten. Damit hält die Schriftstellerin auch ihre innere Verbindung zu Mexiko wach, als sie im unwirtlichen Berlin von 1950 die Geschichte schreibt. In der Familie Radvanyi half in den Jahren des Exils ein Mädchen im Haushalt, das Guadelupe hieß. Es gibt Fotos, die Anna Seghers zusammen mit ihr auf dem Dach des Wohnhauses in Mexiko-City zeigen: ein kleines, braunäugiges Indiomädchen mit dicken schwarzen Zöpfen. Von ihr erfährt sie sicherlich viele Details über das Alltagsleben des Volkes. Und so erzählt sie über Crisanta, ein Indiomädchen.

Crisantas Mutter war bei der Geburt gestorben, und eine andere Frau, ihre Patin Lupe Gonzáles, hat sie zusammen mit den eigenen Kindern aufgezogen. Es ist eine einfache Bergarbeiterfamilie, in der es keinen Reichtum gibt, und Crisanta teilt sich die Schlafmatte mit der ältesten Tochter. Aus der Kindheit hat sie sich eine Erinnerung bewahrt, von der sie nicht weiß, was sie bedeutet und woher sie stammt, so, wie sie nichts über ihre Eltern weiß. Diese Erinnerung erschien ihr so sonderbar, dass sie keine Worte dafür fand und auch niemandem etwas davon erzählte: »Sie war einmal in ihrer frühesten Jugend an einem Ort gewesen, der keinem anderen auf Erden glich. Dort war ihr so wohl zumute gewesen wie nie mehr später. Als sei sie allein für sich von einem besonderen Himmel behütet.« Solche Sätze kann Anna Seghers schreiben, die, wenn wir sie lesen, einen ganzen Kosmos an Gefühlen und Stimmungen aufrufen. Deuten kann das Mädchen jenen Ort nicht. Aber wenn sie ganz tief in sich hineinhorcht, dann war da etwas geheimnisvolles Blaues, ein »sanftes und starkes Blau, das es später nirgendwo gab.« Da sich

Crisanta aber, wie die Erzählerin sagt, nie viel mit Träumen abgab, forschte sie diesem Blau von unbekannter Herkunft auch nicht weiter nach.

Als sie ein junges Mädchen geworden ist, wird sie in die große Stadt Mexiko geschickt, um sich ihren Lebensunterhalt nun selbst zu verdienen. Dort, in der Tortillabäckerei einer Bekannten, steht Crisanta plötzlich mitten im Leben und allein für sich. Wie die anderen Frauen, bereitet sie nun den Teig zu den Tortillas zu, den Maisfladen, die das Grundnahrungsmittel der Mexikaner bilden. Diese Maisfladen werden zwischen den flachen Händen geklopft und dann in heißem Fett gebacken. Man füllt sie, bevor man sie zusammenrollt, mit rotem oder grünem Paprika, mit Hühnerfleisch oder Bohnenbrei. Das ist eine Arbeit, die mit der Tradition des Volkes am stärksten verbunden ist. In ihren Mythen und uralten Überlieferungen nennen sich die Völker Mittelamerikas selber die »Maismenschen«. Die Mayas glauben daran, dass ihre Götter den Menschen aus Maiskörnern gemacht hätten, die Maya-Quichés. Das rhythmische Klatschen der Hände beim Tortillabacken ist wie eine Melodie, zu der sich wunderbar schwatzen und lachen lässt. »Crisanta war hungrig auf Leben«, und hier, inmitten der Millionenstadt, gab es übergenug davon.

Da lernt das junge Mädchen auch ihren ersten Freund kennen, Miguel, der ebenfalls in die Stadt Mexiko gekommen war, um etwas aus sich zu machen. Dieser Miguel besucht Kurse auf einer Abendschule, denn wie so viele mexikanische Kinder hat er keine Schule besucht. Er motiviert auch Crisanta, auf einer Schule wenigstens lesen und schreiben zu lernen. Denn in dieser Zeit, in der auch Anna Seghers mit ihrer Familie in Mexiko lebt, startet die Regierung eine große Alphabetisierungskampagne.

Miguel wird Crisantas erste Liebe. Doch später, als er zusammen mit einem Freund aufbricht, um die engen Verhältnisse der Armut hinter sich zu lassen, bleibt sie allein zurück. Da ist sie aber bereits schwanger. Hilfe hat sie von keinem Menschen zu erwarten, so treibt sie das Kind ab. Fortan schlägt sie sich recht und schlecht durchs Leben, desillusioniert und um bittere Erfahrungen reicher. Sie geht mal mit diesem, mal mit jenem Mann. Das bunte Leben hat für sie nicht gehalten, was es anfangs versprach, als noch Miguel darin einen Platz hatte. Immer, wenn es einem Menschen sehr schlecht geht, klammert er sich an seine Erinnerungen, an das, was tief drinnen in einem verborgen ruht. Instinktiv sucht man nach seinen Wurzeln, nach dem, was einen zu halten vermag. So geht es auch Crisanta. »Sie sucht in ihren Gedanken, krank vor Heimweh, den Ort, an dem sie sich einmal als Kind behütet und warm gefühlt hatte wie nie mehr später.« Von diesem Ort des Geborgenseins weiß sie nur noch, dass er blau gewesen sein muss.

Erst wagt sie sich nicht einmal zurück in die kleine Stadt Pachuca, wo die Familie Gonzáles lebt. Aber als sie doch eines Tages heimkommt, macht ihre Pflegemutter gar kein Aufhebens von ihrem Erscheinen. Sie sieht ihr sogleich an, dass sie wieder schwanger ist. Das ist für sie alle etwas so Normales, dass keiner sie weiter fragt. Der Vater Gonzáles sagt sogar zu ihr, man erwarte sie zur Hochzeit der zweitältesten Tochter. Und ihr Kind möge sie mitbringen, um es der Familie zu zeigen. So kehrt Crisanta wieder zurück in die große Stadt. Nun weiß sie aber, wo sie hingehört und zu wem sie in der Not immer zurückgehen kann.

Als ihr Kind geboren ist, dessen Vater sie so wenig kennt wie ihren eigenen, beginnt Crisanta wieder Mut zu fassen. Sie bekommt eine einfache Arbeit, presst Orangen aus und verkauft an Durstige den frischen Saft – etwas, was zum Leben genau so notwendig ist wie einst die Tortillas. Sie hat auch wieder Lust zum Lachen und Schwatzen. Sie ist, indem sie einem kleinen Menschen das Leben gab, wieder ins Leben zurückgekehrt, mitten ins quirlige, laute, bunte Leben der Riesenstadt Mexiko.

Anna Seghers hat mit ihrer Familie im Kriegsjahr 1941 Zuflucht in Mexiko gefunden. Das bedeutete das Überleben für die von Hitler Gejagten und Gehetzten. Die Dankbarkeit diesem Land und diesem Volk gegenüber hat sie nie verloren. Mexiko verbindet sich für die Dichterin für immer mit Geborgensein. Es wird zum Inbegriff des Mütterlichen an sich. Zu Hause in Berlin hängt an ihrer Wand ein Bild aus Mexiko, ein Stück farbenfroher Volkskunst, stilisierte Figuren und vielerlei traditionelle Ornamente, mit denen die Frauen in Mexiko auch ihre Kleider besticken, in Blau und Rot, Grün und Weiß. Es sind die Farben dieses Landes. Und wenn die Schriftstellerin mit ihren liebsten Besuchern in der bequemen Sesselecke saß, hatte sie das mexikanische Bild immer im Blick.

Das Schilfrohr

Plötzlich fiel Marta eine Geschichte ein, die ihr jüngerer Bruder, ihr Lieblingsbruder, einmal in einem bunten Heft gelesen und den Geschwistern erzählt hatte. Irgendwo in dieser Geschichte, sie wusste nicht mehr, wo sie spielte, hatte sich jemand gerettet, sie wusste nicht mehr, vor wem und warum, indem er unter Wasser getaucht war und durch ein Schilfrohr geatmet hatte, solange sie nach ihm suchten. Kurt Steiner sagte, das sei erfundenes Zeug, das sei in Wirklichkeit gar nicht möglich. Marta sagte: »Doch, es kann möglich sein, versuch's!« Er sagte: »Das kann ich nicht, nein, das geht nicht.« Marta sagte: »Du mußt, du mußt!«

Sich unter Wasser zu verstecken – ein gewagter Versuch. Doch der Versuch gelingt, und der Mann wird gerettet. Die beiden Menschen haben sich mitten im Krieg kennengelernt, als Kurt Steiner auf der Flucht vor den Nazis ein Versteck sucht. Marta Emrich, eine junge Frau, bewirtschaftet die Gärtnerei ihrer Familie längst allein, seitdem der Vater gestorben und die beiden Brüder an der Front sind. Ihr Grundstück in einem kleinen Dorf an einem der märkischen Seen hinter Berlin wird von einem dichten Schilfgürtel gesäumt. Als sie den jungen Mann aufnimmt, der sich vor seinen Verfolgern verbergen muss, fragt sie nicht viel. Er hat, so sagt er ihr, »etwas gegen den Krieg« verteilt, Flugschriften wahrscheinlich, Propaganda gegen den räuberischen Krieg. Zwar reagiert sie misstrauisch auf seine Argumente, doch nach und nach kommt es ihr vernünftig vor, was er sagt. Sie weist ihm einen Kellerverschlag unter ihrem Haus an. Das geht einen Sommer und einen Winter lang gut. Dann, eines Tages im Frühjahr, fahndet eine große Razzia nach desertierten Soldaten; jedes Grundstück, jeder Garten, jeder Busch wird gründlich durchsucht. Kurt Steiner hätte wahrscheinlich aufgegeben; er fürchtet, nun sei alles umsonst gewesen. Doch Marta, die Stille, Unscheinbare, von der keiner etwas Besonderes erwarten würde, hat die rettende Idee. Merkwürdigerweise kommt die aus der Literatur, aus Gelesenem. Sie, die vielleicht nie ein Buch in der Hand hatte, erinnert sich aber in diesem Augenblick an ihren Lieblingsbruder. Der Gedanke an ihn, den sie besonders gern hat, hilft weiter. Klingt es auch noch so unwahrscheinlich und ist es auch nur ein buntes Groschenheft – sie versteift sich darauf, dass es gehen müsse. Mit ihrer praktischen weiblichen Vernunft kann sie das Leben eines Menschen nicht aufgeben, ohne alles versucht zu haben, es zu schützen. Aber wird der See denn wirklich Schutz bieten, kann einer, der sich verstecken muss, stundenlang im kalten Wasser des frühen Jahres aushalten?

Hier geht die nackte Realität – wieder einmal, wie so oft bei Anna Seghers – in das Erträumte, Erhoffte über: in den Mythos, wie Franz Fühmann sagt. Der wunderbare Erzähler alter Mythen, der in seinem großen Essay einst so folgenreich über »Das mythische Element in der Literatur« nachgedacht hat, sieht das Wirken des Mythischen darin, dass es Grundmuster menschlicher Erfahrungen ins Bild, in den bildhaften Vergleich kleiden und so dem Leser oder Hörer Trost spenden und Hilfe geben kann, sein eigenes Leid oder sein eigenes überwältigendes Glück auszuhalten.

So erkennt Fühmann bei Anna Seghers in dieser Wendung der Geschichte den großen Atem des Mythischen, das sich über den blassen Alltag erhebt. Der See nämlich bekommt eine zusätzliche Dimension: Es ist die Mutter Erde selbst, die den Verfolgten aufnimmt, in ihren mütterlichen Schoß, in den Uterus, wo alles Leben herkommt. Sie gewährt ihm Zuflucht, weil er ein zu Unrecht Verfolgter ist. Eine große Metapher. Dort, wo ein Mensch sich nicht mehr allein weiterhelfen kann, kommt ihm die Natur zu Hilfe. So gerecht ist seine Sache gegen die Nazis, meint Franz Fühmann, dass er im Schoß der Erde Schutz findet.

Aber die märkische Landschaft ist eher karg mit ihren Sandböden und Kiefernwäldern, sie hat so gar nichts Großartiges, Heldenhaftes. Auch von der Gärtnerei selbst heißt es, sie hatte nur mageren Boden. Kein Ort für Abenteuer. Erst die Handlungen der Menschen machen sie zum Schauplatz von etwas Außergewöhnlichem. Nur ist die ganze Idee mit dem Schilfrohr anfechtbar, denn Schilf ist innen von Knoten zugewachsen; es ist nicht durchlässig. Jeder, der schon einmal versucht hat, durch einen Schilfhalm hindurchzusehen, hat das bemerkt. Und doch: Statt des langweiligen »und für die Dichtung hier gänzlich gleichgültigen botanisch Richtigen der Schilfhalmanatomie«, meint Fühmann, »ist etwas unvergleichlich Anderes, Größeres, Unsterbliches in diese Prosa gekommen«. Fühmann, ein Kenner der alten Märchen und Sagen, verweist auf den Kontext dieser kleinen Geschichte aus dem Zyklus »Die Kraft der Schwachen« zu einem Motiv, das in den Märchen vieler Völker wiederkehrt: der Held, der sich am Grund des Sees versteckt.

Selbst Marta wird von einer Todesahnung angeweht: »Ob er's durchhält, ob er Luft kriegt?«, fragt sie sich bang. Und als es gut gegangen ist, kommt wenig später noch ein zweites Mal die Prüfung auf ihn zu mit einer erneuten Razzia. Wieder beschwört sie den Mann, es zu wagen. Und wieder gelingt es. So kurz »vor Torschluß« dürfe man doch nicht aufgeben, und der Krieg geht auf sein Ende zu. Anna Seghers weiß durchaus, was Angst ist. Mehrmals in ihrem Leben war sie selber in großer Gefahr. In einer ihrer frühesten Erzählungen, »Jans muß sterben«, schreibt sie über den kleinen, schwachen Jungen, er habe in seinen Augen »kleine dunkle Punkte von überstandener Angst« gehabt. Solche Zeichen von Angst werden auch in den Augen dieser Frau gestanden haben, wenn man nur genau hingesehen hätte. Und erst recht hinterher: kleine dunkle Punkte von überstandener Angst um den Liebsten.

Als endlich alles gut ausgegangen ist, können Marta Emrich und Kurt Steiner sich offen miteinander zeigen. Er kann aus seinem Kellerversteck auftauchen, genau so, wie er aus dem See aufgetaucht war, lebendig und gerettet. Sie schmiegen sich aneinander und legen sich am Abend ins Bett wie Mann und Frau, »kein Motorengeräusch erschreckte sie mehr«. Und doch beginnt keine Liebesgeschichte mit einem Happy End. Denn der Mann geht in die Stadt, größere Aufgaben warten auf ihn, während die Frau weiterhin das Land bestellt. Eines Tages kommt er mit seiner Freundin in einem Boot über den See gefahren, um ihr seinen abenteuerlichen Fluchtweg von damals zu demonstrieren und die beiden Frauen bekannt zu machen. Fröhlich stellt er Marta vor und sagt: »Was wir erlebt haben, du und ich«, das könne man nie vergessen. »Gewiß nicht«, erwidert sie nur. Marta, die Stille, die offenbar nie an sich selber denkt, verbeißt sich auch diesmal ihren Schmerz. Ohne viele Worte schafft Anna Seghers eine Situation, in der sich die beiden Beteiligten nicht von gleich zu gleich gegenüber stehen. Die Frau, ist man geneigt zu glauben, wird die Schwächere sein. Doch wieder einmal geht die Geschichte anders aus als gedacht, weil hier eine Erzählerin am Werk ist, die im Banalen des Geschehens den großen Bogen aufspürt.

Als Marta später einmal nach Berlin fährt und die Adresse aufsucht, die ihr Steiner gegeben hat mit den Worten, sie könne sich jederzeit an ihn wenden, ist er längst fort, auf und davon. Eines Tages erreicht sie als letztes Zeichen eine Karte aus Düsseldorf. Sie aber heiratet einen Umsiedler, der auf der Flucht seine Frau verloren hat, und wird seinem Sohn eine gute Mutter. Sie leben ein einfaches, redliches Leben. Dieser andere Mann, der endlich einmal genau hinsieht auf seine Frau, bemerkt, dass sie freundlich ist und ein helles Gesicht hat.

Sicher, viele der Frauenfiguren bei Anna Seghers sind auf den ersten Blick unscheinbar und machen kein Aufhebens von sich selber. Doch so ohne eine eigene Geschichte, wie der oberflächliche Blick glauben mag, sind sie niemals. Die Erzählerin besteht auf einem aufmerksamen, sensiblen Leser, der die feinsten Nuancen eines Charakters wahrzunehmen bereit ist. In ihrer Erzählung »Die Reisebegegnung« formuliert sie es mit den Worten E. T. A. Hoffmanns: »Allerdings, man darf nicht schläfrig lesen, man muß wach, abtastend lesen, auf der Suche. Nur dann kommt heraus, was ich meine.« Einen solchen Leser brauchen alle ihre Geschichten, um blühen zu können.

Tuomas beschenkt die Halbinsel Sorsa

Hier oben, sagte Juhani, hätten sie letzte Woche eine steife kühle Luft gehabt, die sei recht gut für die Wintersaat. Bevor Tuomas fragen konnte, was das bedeute, sah er wie im Traum Streifen grünen Landes über breite Hügel gelegt, die sich hier nicht wellten, sondern sacht abfielen. Ihm kam es vor, er erlebe zum zweitenmal Frühjahr. Denn auf Sorsa war jetzt alles ratzekahl, und so blieb es vor dem Schnee und unter dem Schnee bis zum nächsten Jahr.
Er war ganz betroffen. All das Grün in der Kälte! Und am Himmel zogen Schneewolken auf.

Kann das Unmögliche Wirklichkeit werden? Das Grüne im Schnee? Und nicht nur im Traum?

Beinahe wie eine Sage beginnt die Erzählung, eine Geschichte aus uralten Zeiten. Vor zweitausend Jahren oder noch früher seien Seefahrer auf der Sorsa-Halbinsel gelandet, und wir stellen uns vor, wo sie liegen könnte, irgendwo im Norden Europas, wo die Winter lang und die Sommer nur kurz sind, wo das Getreide schwer reift und in den endlosen Wintermonaten der Hunger groß ist. Halbinseln kommen in den Geschichten von Anna Seghers immer wieder vor, als würden sie eine besondere Bewandtnis für sie haben: so die Halbinsel Yucatan in Mexiko, auf der das verlorene Volk heimkehrt;

oder jene Halbinsel im breiten Strom des Grenzgebietes zwischen Kolumbien und Brasilien, wo Gary in die »Steinzeit« zurückfällt. Sie scheinen ein Verbindungsglied zwischen den Völkern, den Flüssen und Meeren zu sein.

Anna Seghers selbst hat Skandinavien geliebt, sein besonderes Licht, die hohen Himmel. Nachdem sie 1928 als junge Autorin den angesehenen Kleist-Preis bekommen hat, macht sie eine Reise, »... eine unvergeßliche Sommerreise. Skandinavien hat ein ganz merkwürdig offenes Licht. Wir waren jung und unbeschwert und nie müde. Die hellen Abende!«, schwärmt sie noch im Alter in einem Gespräch. So siedelt sie eine ihrer Geschichten dort an und erfindet die Halbinsel Sorsa – eine Gegend, wohin ihr keiner nachzureisen vermag. Nur ihre Gestalten bevölkern die Einsamkeit im Norden.

Jahrhunderte später, als die kühnen und geschickten Seefahrer längst in fruchtbarere Buchten weitergezogen sind und das meiste ihres Wissens und Könnens vergessen ist, lebt Tuomas mit seiner Frau Aagi und seinen Kindern hier. In der günstigen Jahreszeit baut er wie alle das karge Getreide an, und im Winter schnitzt und bemalt er hölzerne Gefäße, kerbt und färbt ihnen Muster ein, die in den weiter landeinwärts liegenden Dörfern begehrt sind. Wie schon sein Vater einst, zieht er im Herbst durch die Hügel der Halbinsel, seine Ware einzutauschen gegen Wolle, Salz und Speck. Doch in jenem Jahr, als selbst im Sommer kaum etwas gewachsen ist, muss Tuomas weiter und weiter ziehen, denn die Menschen in seiner Nähe haben selbst nichts zum Tauschen. Alle sind ausgemergelt und mürrisch. Man schickt ihn weg. Ihre Existenz ist hart, ihr Leben inzwischen so schlecht, »keiner wusste, warum man es noch ertrug«. Das Unglück aber wird sein Glück, wie es in den Märchen zuweilen geschieht. Denn weit fort, hinter mehr als zehn Hügelketten, als er schon ganz ausgelaugt ist vom Wandern und Schleppen, trifft Tuomas auf ein ihm unbekanntes Völkchen. Bei ihnen ist alles anders, sie haben genug zu essen, sie kleiden sich in warme, schmucke Tierfelle, sie sind freundlich und nehmen ihm seine bunten Waren mit Freuden ab. Vor allem aber trifft Tuomas auf jenen Juhani, der ihn im Hundeschlitten mitnimmt und ihm die im zeitigen Winter schon zartgrünen Felder zeigt. Es ist ein Wunder! Tuomas glaubt seinen Augen nicht zu trauen: Diese Menschen wagen es, das wertvolle Korn vor dem Schnee auszusäen. Und es erfriert nicht in der Erde! Es grünt tatsächlich, es sprießt, es wächst. Das Kostbarste, was Tuomas von seiner Handelsreise mit nach Hause bringt, sind drei Säckchen mit Saatkorn. Er will es selbst versuchen auf den Feldern in seiner Bucht. Doch er weiht niemanden ein, noch ist er selbst nicht sicher, dass es etwas werden könnte. Seine Frau hat sich derweil mit einem anderen eingelassen, und nur sein jüngerer Sohn Timo hängt voll Vertrauen an den Augen des Vaters. Mit ihm zusammen spannt er sich vor den Pflug, wenn auch die neugierigen Zuschauer meinen, ihren Spott über beide ausgießen zu müssen. Nun ist er ganz verrückt geworden, der Tuomas!

Timo »war überzeugt, daß sein Vater etwas Erstaunliches plante, und das Erstaunliche würde gelingen«. Der Sohn glaubt fester daran als der Vater, der Jüngere stärker als der Ältere. Ein Hoffnungspotential liegt darin. Die Jugend vertraut, statt zu zweifeln. Während Tuomas im Herzen noch eine geheime Angst hegt, hier in der Gegend mit ihrem scharfen Sandwind könnte das Winterkorn womöglich doch nicht gedeihen, kommt dem Jungen niemals der Gedanke, sie könnten scheitern. Das Zutrauen zum Vater ist grenzenlos wie seine Anhänglichkeit. Still und ohne Aufhebens verfolgen sie nun, was geschieht, wie sich langsam, ganz langsam etwas Lebendiges unter dem Schnee regt. Die Wintersaat geht auf. Sie wächst auf ihren Feldern, und sie werden im nächsten Jahr, viel früher als gewöhnlich, etwas zu ernten haben. Der Traum, *zum zweitenmal Frühjahr* zu erleben, erweist sich nicht als Trugbild. Als sich Tuomas überzeugt hat, dass für seine Familie gut gesorgt ist, zieht er mit seinen hölzernen Waren los und nimmt erstmals seinen Sohn mit. Einen Verbündeten braucht jeder Mensch, wenn er zu neuen Ufern aufbricht.

Die beiden werden nicht zurückkehren. Zuerst fragt man noch nach ihnen, doch bald verebbt auch das. Auf der Halbinsel Sorsa gedeiht nun zweimal im Jahr das Getreide. »Als man gänzlich vergessen hatte, wie schlecht es früher gewesen war, war auch Tuomas gänzlich vergessen.« So ist das Leben, ein ständiger Wandel. Das muss nicht traurig machen, im Gegenteil. Ein Mensch lässt eine Station seines Weges hinter sich und zieht weiter. Wenn er nur etwas Gutes bewirkt hat! Ist er auch als Person vergessen, so bleibt doch das, was er eingeführt hat, für immer mit ihm verbunden.

Anna Seghers begleitet den Wanderer auf seinem Weg. Sie lässt ihn durch seine Landschaften gehen, als wäre es in einem Märchen der Brüder Grimm. Dieser Tuomas hat ein Auge für das Schöne, Einzigartige auch des kargen Landes. »Endlich lichtete sich der Wald, es war früher Nachmittag; man sah der Erde an, daß sie geduldig, auf unglaubliche Stille gefaßt, den Schnee erwartete.« Wer die Natur so sieht, der muss sie kennen und sie lieben. Vielleicht saß die Erzählerin selbst, als sie die Geschichte schrieb, an einem Ort, dessen Stille sie spüren und in sich aufnehmen konnte, an dem sie sich wohlfühlte. Vielleicht ist es in Wiepersdorf gewesen, dem Schloß der Bettine von Arnim, wohin sie, als es in den fünfziger Jahren zum Schriftstellerheim geworden war, sich gern zum Schreiben zurückzog. Es gibt Fotos aus Wiepersdorf, auf denen man das konzentrierte und glückliche Gesicht der Anna Seghers, über ihre Manuskripte gebeugt, sehen kann. Der schwebende Zauber eines Nachmittags, zwischen Park und Terrasse des Schlosses, schlägt sie in seinem Bann. Da fällt die Anspannung der Berliner Zeit von ihr ab, sie ist ganz gelöst und bei sich selber, so heiter wie nur auf wenigen Aufnahmen dieser schwierigen Jahre.

Die Heimkehr des verlorenen Volkes

Mit wechselnden Häuptlingen, vielerlei Tode sterbend, ständig schmelzend an Zahl, aber immerfort auch gebärend, aufgehellt und erschreckt von winzigen Lichtungen, sich an alles erinnernd, wenn auch nur in kurzen seltenen Augenblicken, was ihm unter dem Himmel geschehen war, davon kundtuend, manchmal in jähen verzückten Schreien, manchmal in langen langsamen Liedern, lebte das Volk im Wald verborgen. An einer engen Stelle des Erdteils zog es vom Atlantischen zum Stillen Ozean, hin und her, angstvoll alle Rodungen meidend. Alles war ihm verloren gegangen, nur nicht seine Erinnerung. Es sang, wenn es Rastzeit hatte oder ganz kurz die Sonne erblickte oder die Sterne. Wenn sich dabei die Herzen erweichten und die Kehlen, erzählte es aus seinem alten Leben, aus seinem Leben im Licht. Es erzählte von seinen Festen, von dem Bauwerk, turmartig, mit vielen Stufen, um zu den Göttern zu steigen, von allen Künsten der Priester und ihren Zöglingen, von schönäugigen, reinen heiligen Knaben, von der Schreckensnacht, in der der Feind eingebrochen war. –

Anna Seghers wusste, wie wichtig die Heimkehr ist.

Das Volk der Maya lebte von alters her auf der mexikanischen Halbinsel Yukatan. Der Feind, der eines Tages dieses Leben zunichte gemacht und die Menschen in die Flucht getrieben hatte – das waren die Konquistadoren, die spanischen Eroberer mit Hernán Cortéz an der Spitze. Über Jahrhunderte verbargen sich die Mayastämme nun im Urwald, fern von ihren angestammten Ländereien, ihre Kultur und ihre Bräuche fast schon aufgegeben. Ein verlorenes Volk. Doch eines hatten sie, wie die Erzählerin unterstreicht, nie verloren: ihre Erinnerung. Ein für Anna Seghers so grundlegender Wert: Ein Volk, das mit seiner Vergangenheit, mit seiner Erinnerung und seinen Liedern lebt, kann nie ganz und gar verloren sein. Es hält, wie es heißt, sogar auf der Flucht, die es mehrmals zwischen den beiden Ozeanen hin- und hertreibt, die uralten Überlieferungen wach – damit die Nachgeborenen ein Erbe aufzunehmen vermögen. Wenn ihnen die Vorfahren schon kein eigenes Land, keinen Grund und Boden zum Bewirtschaften, nicht die berühmten, legendenumwobenen Bauten weitergeben konnten – die Erinnerung kann man diesem Volk nicht nehmen. Das allein hält die Identität eines Volkes am Leben.

Während ihres Exils in Mexiko von 1941–1946 stößt Anna Seghers auf die Kunde vom Volk der Maya. Sie, die stets mit einem ausgeprägten historischen Interesse anderen Völkern und Kulturen gegenübertritt, ist fasziniert von den Sagen und Überlieferungen der indigenen Völker Mittelamerikas, der Maya, der Azteken, der Olmeken u.a. Auch durch ihre Freundin, die Ethnologin und Fotografin Gertrud Duby-Blom, die ebenfalls vor den Nazis nach Mexiko geflüchtet war, wird die Schriftstellerin in den Bann dieser uralten Hochkulturen gezogen. Die Schweizerin Gertrud Duby-Blom, ausgebildete Sozialpädagogin, widmet ihr Leben fortan der Erforschung der Indigenas in Mexiko und Guatemala, insbesondere der Lakandonen. Zahlreiche Erkundungstouren und Fotoexpeditionen, zu Pferd oder zu Fuß, in den lakandonischen Urwald von Chiapas machen sie zu einer Kennerin ihrer Kultur und einer Kämpferin für ihre Rechte. In der Zeit der gemeinsamen Exiljahre begegnen sich beide Frauen. Gertrud Duby-Blom nimmt zuweilen andere Emigranten auf von ihr geführte Bergtouren zum Popocatepetl mit, darunter einmal auch den Sohn der Radvanyis.

Es ist eine besondere Zeit der neueren mexikanischen Geschichte, in die Anna Seghers' Exiljahre fallen: Gerade eben in den späten 30er Jahren hatte der fortschrittliche Präsident der Vereinigten Staaten von Mexiko, Lázaro Cárdenas (1895–1970), den indigenen Völkern durch Gesetze ermöglicht, auf ihre ursprünglichen Ländereien zurückzukehren und nach ihren verbrieften Rechten frei zu leben. Eine ungeheure Tat! Nach Jahrhunderten der spanischen Fremdherrschaft wurde den Ureinwohnern und rechtmäßigen Besitzern des Landes wenigstens hier Gerechtigkeit zuteil. Während seiner Regierungszeit von 1934–1940 hatte Präsident Cárdenas neben der Bodenreform vor allem auch die Enteignung der britischen und nordamerikanischen Erdölgesellschaften durchgesetzt. Als die deutschen Emigranten nach Mexiko kommen, ist diese Wendung der Geschichte noch in aller Munde. Die Schriftstellerin, selbst verjagt aus der Heimat und mit ihrer Familie seit Jahren über Länder und Ozeane getrieben, muss darin ein Fanal erkannt haben: Auch sie selber, die deutschen Emigranten, werden eines Tages ihr Recht auf die Heimat wiedergewinnen. So ist die Ankunft in Mexiko, gerade in diesem unter allen möglichen Exilländern, so stelle ich mir vor, für Anna Seghers und die Ihren ein Hoffnungsquell sondergleichen. Auch ihnen hat dieses Land Asyl gegeben, auch sie hat es aufgenommen in schwerer Stunde. Welche Zukunftsgewissheit! Später sollte die Schriftstellerin einmal sagen, Mexiko sei wie eine Mutter für sie gewesen. Hierher konnte sie die ihr Liebsten, den Mann und die Kinder, in Sicherheit bringen. Hier konnten sie überleben und arbeiten.

In der Geschichte erzählt sie von einem namenlosen Volksstamm, der am Meer gelebt hatte, bis die Eroberer kamen, die man für fremde Götter hielt. Nun wird ihnen alles genommen, sie verlieren ihre Lebensgrundlage. Sogar die eigenen Priester sind machtlos dagegen. Sie seien durch nichts zu besänftigen, die entsetzlichen fremden Götter, so berichten die Kundschafter dem Häuptling. Was irgend essbar sei, das verschluckten sie. Gnadenlos packten sie die von den Priestern geweihten Mädchen. Was brennbar sei, das stehe in Flammen. Von nun an zieht das Volk von der Spitze der Halbinsel, vom Ufer des ihm vertrauten Meeres, immer tiefer in die Urwälder hinein, vom Licht in den Schatten, fort von den eigenen Wurzeln. Gezwungenermaßen entfernt es sich von den Ursprüngen seiner Tradition, und nur die Sagen von den alten Göttern halten es zusammen.

Am Ende, als das verlorene Volk tatsächlich heimgekehrt ist auf seine Halbinsel, heißt es: »Die höchste Pyramide stand unversehrt an der Stelle, an der sie am Tag des Aufbruchs gestanden hatte. [...] Der Häuptling sagte: ›Hier ist es. Wir bleiben.‹ Sie ließen sich endgültig nieder, und sie wohnen auch heute dort.« Für Anna Seghers eine Vorausdeutung auf die eigene Heimkehr, die gekommen war, als die Alliierten Hitler endgültig besiegt hatten. Zwar verläuft ihre eigene Wiederbegegnung mit der Heimat anders als für den Mayastamm: Durchaus nicht unversehrt standen die Städte Deutschlands, und der Schmerz über das zerstörte Vaterland löst dann im Frühjahr 1947 in der Heimkehrerin eine schockartige Erschütterung aus: Sie fühle sich, so schreibt sie in Briefen, als sei sie in die Eiszeit geraten, und gleichzeitig so fremd, »wie eingewachsen in lauter Dornen« – ein Dornröschengefühl nennt sie es mit einem Märchenbild. Berlin und Mainz, ebenso wie das ganze Land, ja wie halb Europa, lagen in Schutt und Asche. Und dennoch, es war die Heimat. Nichts sonst auf der Welt ist damit vergleichbar.

Anna Seghers, die selbst seit ihrer Jugend Märchen und Sagen der Völker sammelt, die in ihrem Erzählen so gern den Sagenton aufnimmt, kann hier ganz aus dem Vollen schöpfen. *Einstmals*, so hebt sie an, hatte das Volk den Urwald durchdrungen ... Geschichte zumal war auch eines ihrer Studienfächer. So wie sie in ihrer Studentenzeit die Geschichte des chinesischen Volkes interessiert hatte, so erweckte jetzt die Vergangenheit des anfangs so fremden Mexiko ihre heftige Anteilnahme. Mexiko, das Land so großer uralter Menschheitskulturen, so beeindruckender Bauwerke wie der

Pyramiden und Tempel von Teotihuacan, von Chitchén Itzá, Uxmal und Palenque, musste für die Schriftstellerin, die einmal von der bildenden Kunst hergekommen war, von ungeheurer Faszinationskraft sein. Gleich, als sie zurückgekehrt war nach Europa, machte sie in einem einfühlsamen Essay »Die gemalte Zeit« (1947 in der Berliner Zeitschrift »Athena« gedruckt) die eigenen Landsleute mit der beeindruckenden Kunst der mexikanischen Wandmaler, der muralistas, bekannt – allen voran Diego Rivera. Diese hatten für ihr Volk, das lange Zeit lese- und schreibunkundig gehalten worden war, die alten Überlieferungen der Vergangenheit wie die jüngste Geschichte Mexikos in Bilder von großer Farbfreudigkeit und Strahlkraft gebracht.

Das Licht auf dem Galgen

Eine Minute lang, vielleicht war es die erste Minute, seitdem er in Jamaika gelandet war, tat er nichts anderes, als den Anblick des Tales zu genießen. Wenn diese Minute nur zu verlängern wäre, die Minute, in der er mit Freude und Genugtuung, ohne Aufgabe, ohne Plan, ohne Auftrag über das weite, fruchtbare Tal sah! Um wieviel Zeit verlängern? In seinem Innern erwiderte eine listige, schwache, aber durchdringende Stimme, die durch seine Gedanken, seine republikanischen Gedanken wie durch eine Mauer schlüpfte: Auf immer. –
Dann wäre er hier kein Fremder, kein Abgesandter mit einer furchtbar schweren Mission, dann hätte er Anteil an diesem Tal und seinen Ernten, an dem Zuckerrohr, das noch nicht ganz reif war [...].

Da ist der Gedanke: Ach, könnte dieser Kelch an mir vorbeigehen, wie Jesus im Garten Gethsemane betet, bevor er gefangengenommen wird. Ihn graust, denn er ist ein Mensch. Die Prüfung steht ihm noch bevor. So auch Debuisson auf Jamaika. Hoch oben über dem Tal steht er und betrachtet die schöne Landschaft. Sie lädt dazu ein, innezuhalten und sich seiner selbst bewusst zu werden. Hier würde er gern *auf immer* verharren. Er ahnt, welche schweren Augenblicke ihm bevorstehen, wie hart es werden wird. Es ist die Minute der Ruhe, bevor der Soldat in die Schlacht ziehen muss, und da kommt alles darauf an, sich zu bewähren. Wird er durchhalten? Wird er stark genug sein? Er will es, mit ganzem Herzen. Und zugleich sehnt er sich danach, dass all dies nicht auf ihn zukommen möge. Wie viel lieber wäre er ein ganz gewöhnlicher Mensch; wie viel lieber würde er kein Held sein müssen, von dem große Taten erwartet werden. So wie Christus, der bereit ist für die Aufgabe, die sein Vater für ihn vorgesehen hat, und der doch in einem Moment menschlicher Anfechtung betet, er möge nicht zum Opfer ausersehen sein. Die Versuchung, der Härte des Auftrags auszuweichen, ist immer latent. In Debuisson spricht sie mit *listiger, schwacher, aber durchdringender Stimme.*

Debuisson, der da über das Tal sieht, ist einer der drei Emissäre der Französischen Revolution, die nach Haiti geschickt wurden, um die Befreiung der Negersklaven zu unterstützen. Ihr Auftrag ist schwer, denn sie müssen sich zunächst eine Basis schaffen, müssen Verbündete gewinnen und doch im Geheimen operieren. Anna Seghers, fasziniert von den historischen Ereignissen der großen revolutionären Bewegung des 18. Jahrhunderts und der Verkündung der Menschenrechte, schreibt diese Erzählung 1960 und fügt sie mit zwei anderen, »Die Hochzeit von Haiti« und »Wiedereinführung der Sklaverei in Guadeloupe«, zum Zyklus der »Karibischen Geschichten« (1962) zusammen. Die aufständische Bewegung des Negerführers Toussaint L'Ouverture auf Haiti, die zur Befreiung der Sklaven geführt hat, soll nun auf die englische Kolonie Jamaika übertragen werden. Debuisson, Sohn französischer Sklavenhalter, selbst auf Jamaika geboren, hat sich in Paris für die Revolution von 1789 begeistert und geht voller Elan auf die karibischen Inseln zurück, um seinen Auftrag zu erfüllen. Wegen seiner Herkunft steht er von Anfang an zwischen den Stühlen. Sie ist sein Bonus, denn niemand verdächtigt ihn des Jakobinertums; sie ist aber auch sein Manko. Noch ist er ein disziplinierter Soldat der Revolution. Doch als in Paris das Direktorium gestürzt wird und Napoleon Bonaparte sich zum Konsul ausruft, erkennt er seine Mission als unerfüllbar. Er legt seinen Auftrag nieder. Seine beiden Gefährten aber, Sasportas und Galloudec, sehen das anders und wollen an ihrer einmal übernommenen Verpflichtung festhalten. Doch trotz aller Versuche, die Negersklaven mit Waffen zu unterstützen, scheitern die Aufstände. Debuisson wird verhaftet und verhört. Er rettet den eigenen Kopf, indem er die anderen verrät. Während Galloudec, der ein Seemann ist, auf einem kleinen Boot von der Insel entkommen kann, wird Sasportas gefangengenommen und zum Tode verurteilt.

Erinnern wir uns des biblischen Motivs vom Garten Gethsemane. Anders als Jesus, der am Kreuz in höchster Not ausruft: »Mein Vater, warum hast du mich verlassen!«, lässt es Debuisson so weit gar nicht erst kommen. Er gibt seinen Auftrag zurück, seine Erfüllung scheint ihm unmöglich geworden zu sein. Im letzten Moment zieht er den Kopf aus der Schlinge. Er also verlässt die anderen. Doch er fühlt sich auch selber verlassen, von seinen Auftraggebern in Paris. Es ist eine Umkehrung der alten Geschichte – Debuisson nimmt die Passion nicht auf sich.

Anna Seghers schreibt, wie schon einmal in den 20er Jahren über die Fischer von St. Barbara, die Geschichte vom Scheitern eines Aufstands. Und sie schreibt die Geschichte von der schweren Entscheidung eines Menschen. Sie versteht, dass *eine furchtbar schwere Mission* auf Debuisson lastet wie Blei und dass sich auch ein Berufsrevolutionär zuweilen nichts sehnlicher wünschen kann, als einmal *ohne Aufgabe, ohne Plan, ohne Auftrag* zu sein und das friedliche, ruhige Leben mit vollen Zügen zu genießen. Er erkennt im entscheidenden Augenblick, dass er auf verlorenem Posten steht. Anna Seghers verurteilt nicht, und sie verklärt nicht. Revolutionen können scheitern, wenn der historische Zeitpunkt nicht der richtige ist, das weiß sie sehr genau. Als eine Bürgerin des 20. Jahrhunderts kennt sie Aufbrüche, Verluste und Niederlagen aus eigener Erfahrung. Ihre Deutung der inneren Vorgänge aber macht diese Erzählung zu einer großen Menschengeschichte.

Das erkennt auch der Dramatiker Heiner Müller (1928–2001) und entwickelt aus dem Kern der Seghers-Erzählung sein Stück

»Der Auftrag«. Am 19. November 1980 schreibt er an Anna Seghers: »Heute, an Ihrem 80. Geburtstag, erlebe ich das schreckliche Gefühl, daß ich nach allem, was ich mir ›herausgenommen‹ habe, Ihnen nichts geben kann als den gestammelten Ausdruck meines Dankes und meiner Bewunderung für Ihr großes episches Werk, das länger dauern wird als das Gewölk der Phrasen und das Geschrei der Märkte.« Zwei Schriftsteller in der DDR, die unterschiedlichen Generationen angehören und die Erfahrungen ihrer Zeit auch unterschiedlich verarbeiten, die aber doch gleichermaßen von der Größe des historischen Paradigmas inspiriert sind. Ein Thema, das beide immer wieder beschäftigt: der Verrat. Verrat an den eigenen Leuten. So bei Müller im Stück »Die Schlacht«, bei Seghers in »Die schönsten Sagen vom Räuber Woynok«. Ein Thema auch ihres Jahrhunderts. Nicht zum ersten Mal macht Heiner Müller aus einer Geschichte, die Anna Seghers erzählt hat, ein Theaterstück. Schon »Die Umsiedlerin oder das Leben auf dem Lande« geht auf ihren Text »Die Umsiedlerin« aus den »Friedensgeschichten« von 1950 zurück. Er spürt darin etwas, was den Nerv der Zeitgeschichte präzise trifft, und *nimmt es sich heraus*.

Heiner Müller verschärft auch das im »Licht auf dem Galgen« vorgefundene Motiv und spitzt es zu. In dem Stück »Der Auftrag« (1980) ist die Parallele Napoleon/ Stalin, die bei Anna Seghers angelegt ist, deutlich hervorgehoben. Die Szene, in der Debuisson über dem schönen Tal auf Jamaika steht, ist für den Dramatiker der Moment, da zum ersten Mal »die Stimme des Verrats« in ihm zu sprechen beginnt. In dem Gedicht »Motiv bei A. S.« notiert Heiner Müller: »In der Zeit des Verrats/ Sind die Landschaften schön.« Anna Seghers lässt die drei Abgesandten während ihrer Überfahrt nach Haiti die sich ankündigenden klimatischen Veränderungen genau wahrnehmen, die ein Sinnbild sind für das ihnen Bevorstehende: »Bald würde es unerträglich heiß sein – noch war es kühl und windig. Bald würden die Augen verbrennen – jetzt war der Grundstoff der Welt ein reines Purpur, das alles färbte, Himmel und

Meer und Segel und Menschen«. Die schöne Landschaft. Purpur als Grundstoff der Welt symbolisiert ebenso das Morgenrot eines anbrechenden neuen Tages wie das Feuer, das alles vernichten wird. Denn als die Gutshäuser und Plantagen auf den Inseln brennen, ist das Scheitern der Aufstände schon vorgezeichnet.

Sasportas, zum Tode verurteilt, wird an einem Galgen hoch über dem Meer erhängt. Er hatte von seinem Auftrag nicht abgelassen, wollte seine Mission nicht verloren geben, und er will auch keinen anderen Mitverschworenen verraten, um sich selbst die Freiheit zu erkaufen. Er hält fest bis in den Tod. Von weitem erscheint es dem auf seinem Boot fliehenden Galloudec, als leuchte ein Lichtpünktchen über dem Galgen, von dem Sasportas' Leichnam ins Meer gefallen war »wie ein Stein«. »Man hörte kein Aufklatschen in der Brandung«, heißt es dann. Vielleicht ist ja der Getötete davongetragen worden wie in manchen alten Sagen der Völker, wo ein Held niemals wirklich untergeht.

Am Ende der Erzählung sagt der Matrose Malbec, der die ganze Geschichte später von seinem Gefährten Galloudec gehört hatte: »Jetzt weiß ich auch, was er immerfort mit dem Licht gemeint hat. Es scheint nicht bloß zurück auf Sasportas' Leben, es scheint auf alle, mit denen Sasportas zu tun gehabt hat; die wären doch sonst spurlos verschwunden in einem tiefen Wasser oder in einem Urwald«. Das hält die Erzählerin für die schlimmste Folge des Vergessenwerdens: *spurlos* zu verschwinden, keinerlei Spuren im Leben zu hinterlassen, aus der Erinnerung der Menschen getilgt zu werden. In einer ihrer späten Erzählungen, »Steinzeit«, wird sie gerade dieses Motiv erneut aufgreifen. Ein Verräter, ein Im-Stich-Lasser hat es nicht verdient, im Gedächtnis der anderen weiterzuleben: Niemand wird sich seiner erinnern.

Das wirkliche Blau
Eine Geschichte aus Mexiko

Denn nur Benito konnte das Geschirr für den nächsten Markt bereiten. Benito, dem sofort alles klar war, sah auch schon die ruhigen Augen des Maultiers, in denen weder Enttäuschung noch Hoffnung zu lesen war, nur unermüdliche Geduld. Und zugleich, des Maultiers sicher, das jedem Stoß ausweichen würde, erblickte Benito, sorgfältig in Netze verpackt, auf seinem Rücken den Lohn der Arbeit. Durch jede Masche der Netze leuchtete von fertiggebranntem Geschirr das Blau, das man ihm plötzlich daheim verweigert hatte. Er erschrak vor Freude.

Ein Traum, den Benito hat in der Nacht in den Bergen. Sein Blau, sein unnachahmliches Blau, muss er finden, koste es, was es wolle. Er ist durch das ganze Land gezogen, von seinem Dorf bei der Hauptstadt Mexiko bis in den Süden. In der Nähe von San Cristóbal wird er es finden. Das sagt ihm sein Traum. So viele Hindernisse ihm auch in den Weg gelegt wurden, er gibt nicht auf. Nun ist er ganz nahe daran, sein Ziel zu finden: die Rohstoffe, die zur Herstellung dieses einzigartigen Farbstoffes nötig sind. Der mexikanische Töpfer Benito Guerrero ist auf den Märkten in der Gegend berühmt für sein Geschirr mit den Mustern in einem tiefen, einzigartigen Blauton. Die Leute sind an diese schönen Gefäße gewöhnt, sie brauchen sie für ihr tägliches Leben. Alle seine Kunden wollen dieses besondere blaue Muster, nichts sonst.

Es ist der Zweite Weltkrieg, überall auf der Welt sind die normalen Beziehungen unterbrochen oder gestört, auch der Handel, der sinnvolle Austausch zwischen den Völkern. Die Chemiefirma aus Deutschland, über die der Töpfer bisher seine Farben bezogen hat, liefert plötzlich nicht mehr. Aber einer wie Benito nimmt nicht einfach alles so hin, als könne es nicht anders sein. Hartnäckig, besessen von seinem Blau, macht er sich auf den Weg. Das ist er sich schuldig. Seine Familie muss das verstehen. Luísa, seine Frau, trägt das jüngste Kind noch im Rebozo. Die beiden Söhne, Andrés und Gabriél, werden der Mutter solange zur Seite stehen. Der Mann muss weit fahren, er durchzieht beinahe ganz Mexiko.

Warum muss es denn ausgerechnet ein Blau sein? So fragen ihn viele, denen er unterwegs begegnet. Es gibt doch da dieses kräftige Grün, das leuchtet schön, und daneben viele andere Farbstoffe. Er solle sich doch nicht in eine einzige Sache verbeißen. Die das sagen, verstehen nichts. Die Farbe Blau, ein Symbol weit über den Farbstoff hinaus, gibt dieser Erzählung das besondere Flair. Oft in der Literatur der Anna Seghers kommt es vor als etwas Außergewöhnliches, Anziehendes, Einzigartiges. Schon in der »Legende von der Reue des Bischofs« war es die blaue Perlenschnur, die Jehan d'Aigremont dazu verführte, etwas zu tun, was ihm bisher nicht einmal in wilden Träumen eingefallen wäre. Immer ist Blau für die Autorin auch die Farbe des Meeres und der Flüsse, die Farbe der Sehnsucht nach Weite und Ferne. Und natürlich: Blau ist, aus der Tradition der deutschen Literatur nicht wegzudenken, die Farbe der Romantik – und damit die Farbe der Kunst. Die Suche nach der *Blauen Blume* wurde zum Inbegriff der Sehnsucht. Der mexikanische Töpfer Benito ist nicht nur ein Handwerker – er ist ein Künstler. Ohne dieses Blau kann er seine Töpferwaren, sein Werk, nicht vollenden. Jener Farbstoff ist das Kostbarste, was es für ihn zu suchen gilt. Erst die tiefblaue Glasur verleiht den Krügen, Schalen und Kannen ihr unverwechselbares Gesicht. So machen die Muster, die Benito seinem Geschirr gibt, aus gewöhnlichen Gefäßen Kunstwerke, für den Alltag geschaffen. Die Arbeit erst gibt Benitos Leben einen Sinn. Sein Blau bedeutet für ihn nicht mehr und nicht weniger als die *Blaue Blume*.

Da war die Tante Eusebia, der er sich anvertraut und die ihm rät, in die Gegend von San Cristóbal zu fahren. Dort in den Bergen hat sie Verwandte. Rubén, der Sohn ihres Bruders und damit auch der Vetter von Benito, arbeite in den Silberbergwerken, da gäbe es wohl auch die Stoffe für sein Blau, er solle es versuchen, solle gehen und es auf sich nehmen. Doch so einfach wird seine Suche nicht gelingen. Manche, auf die er trifft, wollen nicht weiterhelfen und führen ihn gar absichtlich irre. Auch Rubén ist anfangs misstrauisch und will sich sein Geheimnis nicht entreißen lassen, wie er diesen Blauton herzaubert. Es ist mühevoll und anstrengend. Man muss das richtige Gestein finden, die Mineralien herausschlagen, mahlen und brennen. Dann erst erscheint, nach vielen Arbeitsgängen, jenes unverwechselbare Blau.

Am Ende, als Benito tatsächlich zurück kommt in sein Dorf nahe Mexiko-Stadt, ruft ihm sein früherer Lieferant zu, er könne seine Farbstoffe nun wieder von ihm kaufen, er habe sie wieder. Doch Benito ist seinen eigenen Weg gegangen. »Ich hab mein Blau gefunden. Ich hol mir's selbst, wenn ich's brauche. Einmal für allemal.« Sein Traum hat sich erfüllt. Denn Träume gehören zur Wirklichkeit! Anna Seghers zeigt es oft in ihren Erzählungen: Der Mensch muss seinen Träumen vertrauen, er muss der eigenen Stimme und den eigenen Kräften etwas zutrauen. Als Benito, allein in den Bergen, davon träumte, hatte ihn eine unglaubliche Hoffnung durchdrungen, wie er sie nie im Leben gespürt hatte: »Als ob der Mensch solche Hoffnung, vollkommene und sichere, nur fühlen dürfe, wenn er vorher auch wahren Kummer, bittre Enttäuschung erlebt hätte.«

Er hat die Reise durch das Land beendet und kann triumphieren: Er hat sein Blau gefunden. Das wirkliche Blau, das wahrhaftige.

Damit erweist sich etwas, was für den schöpferischen Menschen unverzichtbar ist: Er muss genau das finden, was nur ihm zu Verfügung steht, um damit etwas zu schaffen, was nur er vermag. Seine Fähigkeiten, seine Ausdrucksmittel sind durch keine anderen zu ersetzen. Es ist auch das Credo der Dichterin Anna Seghers. Nicht irgend ein Stoff ist für sie bestimmt, sondern nur der, der sie innerlich erregt und beseelt. Der Künstler schafft aus sich heraus, durchaus für andere und ihnen zur Freude, aber es muss *sein* Stoff sein, nicht Fremdes.

In der französischen Übersetzung lautete der Titel der Erzählung zuerst: »Le vrai bleu«. Dann aber, 2001, ist sie von Hélène Roussel neu übersetzt worden, und jetzt trägt die französische Buchausgabe den Titel: »Ce bleu, exactement«. Das trifft es tatsächlich.

Überfahrt

Sie sagte ein Jahr später vor dem Abschied: ›Du erinnerst dich sicher an unsere Fahrt nach Congonha do Campo? Ich habe damals auf der Treppe andauernd gebetet, daß du bleibst. Ich bin wohl nicht stark genug, ich bin wohl nicht gut genug, so daß man mich nicht erhört hat.‹
Wir weinten, und ich streichelte sie und schwor, sie sei die Beste von allen. Dabei dachte ich flüchtig, warum sie mir diese schwere Last auf die Reise mitgab, und beinahe gleichzeitig oder eine Sekunde später dachte ich: Warum hab ich so etwas gedacht? –

Die Geschichte leuchtet in den Farben der Tropen, wie Anna Seghers sie selber während ihres Exils erlebt hat. Mittel- und Südamerika gehört ihre Begeisterung, den vielfältigen Regionen vom Regenwald bis zu den Vulkanen, von der Küste des Ozeans bis in die sonnendurchglühten Bergregionen. Eine Landschaft, die man nie vergessen kann.

Maria Luisa und Ernst waren Freunde seit ihrer Kindheit in Brasilien. Eine Freundschaft, die, als sie heranwuchsen, zur Liebe wurde. Sie verbrachten jede Stunde ihrer freien Zeit miteinander, und keiner von beiden konnte sich ein Leben ohne den anderen auch nur vorstellen. Doch einmal war diese Zeit in Rio de Janeiro zu Ende, als die Emigranten aus Deutschland nach Kriegsende in ihre alte Heimat zurückkehrten. Da überredete auch der Vater von Ernst Triebel seinen Sohn, sein Medizinstudium in Deutschland fortzusetzen und dort seinen Landsleuten beim schwierigen Neuanfang zu helfen.

Wenn die Erzählung beginnt, befindet sich der junge Arzt Ernst Triebel auf der Überfahrt von Brasilien nach Hause, in die DDR. Es ist wahrscheinlich seine letzte Reise in das Land seiner Kindheit und Jugend. Er hatte an einer Konferenz über Tropenmedizin teilgenommen. Die Begegnung am letzten Abend hat ihn über alle Maßen verstört und bis in sein Innerstes aufgewühlt. Bei der letzten Reise vor zwei Jahren zu einer internationalen Ausstellung in der Hauptstadt São Paulo hat man ihm glaubhaft versichert, Maria Luisa sei tot. Sie war die Frau des Brasilianers Rodolfo geworden, eines reichen Geschäftsmannes, den sie in Wahrheit gar nicht liebte. Nun sei sie beim Schwimmen im Meer ertrunken, ein Unfall. Schon damals konnte Ernst das kaum glauben, denn Maria Luisa war von jeher die beste Schwimmerin unter ihnen. Aber da es ihm sowohl die alte Haushälterin als auch eine Freundin Maria Luisas bestätigten, musste er mit dieser Nachricht leben. Nun aber, am Vorabend, trifft er zufällig in der Halle eines teuren Hotels in Santos Rodolfo wieder, der ihn mit seiner Frau bekannt machen will. Da steht plötzlich Maria Luisa vor ihm – eine schrecklich fremde, völlig veränderte Frau, und doch gleicht sie seiner Liebsten äußerlich aufs Haar.

Getragen wird die »Überfahrt« vom Erzählen desjenigen, der zum Bersten voll ist vom gerade Erlebten. Es ist, als müsste er ersticken, wenn er sich sein Leid nicht von der Seele reden könnte. Er braucht, mehr als alles andere, einen anderen Menschen, der ihm zuzuhören bereit ist. Auch wenn der selber ganz in den Hintergrund tritt. Hier taucht es wieder auf, jenes zentrale Motiv im Werk der Anna Seghers: Erzählen, um zu überwinden. Das hatte schon begonnen beim Bischof Jehan d'Aigremont, der seinen Mitgefangenen unbedingt mitteilen muss, wie alles gekommen ist. Und auch in »Transit« bildet dieses dringende Bedürfnis den roten Faden des ganzen

Romans: Einmal alles von Anfang an erzählen können, um es für immer abzuschließen.

Nachdem der Junge Ernst 1938, nach der »Kristallnacht«, mit seinen Eltern aus Deutschland emigriert war, fühlt er sich fremd und allein in dem Land, dessen Sprache er nicht versteht. So schnell wie möglich Portugiesisch zu lernen, wird für ihn eine Frage des Überlebens. In der Schule begegnet er Maria Luisa, der man ihr Fremdsein nicht mehr anmerkt – auch sie aus Deutschland eingewandert. Sie hilft ihm über alle Klippen des Außenseiters hinweg, sie wird sein Rettungsanker – und seine große Liebe. Für sie ist er Ernesto.

Gemeinsam mit ihren portugiesischen Freunden begeistern sie sich für Skulpturen des Bildhauers Alejadinho. Er war ein Leprakranker gewesen, der, ohne Hände, indem man ihm die Werkzeuge an die Armstümpfe gebunden hat, die herrlichsten Kunstwerke schaffen konnte. Einer derjenigen, die mit einer ungeheuren Kraft ihr Schicksal übertrumpften. Als sie die Schule beenden und die Rückfahrt nach Europa mindestens ihre Gedanken schon besetzt, schenkt ihnen Ernsts Vater eine Reise nach Congonha, damit sie diese Werke im Original sehen können. Sie sollen sich, so sein Motiv, noch einmal miteinander freuen.

Die große Treppe zum Kloster in diesem Pilgerort, hinauf aus dem Tal zur hochgelegenen Kirche, war ein Passionsweg. Maria Luisa und Ernst sind tief beeindruckt von der Schönheit und der Aura der aus Stein gemeißelten Figuren der Propheten. Auf diesem Weg war es, als das Mädchen still für sich und mit großer innerer Beharrlichkeit Gebete murmelt, damit der Liebste ihr erhalten bliebe. Sie sind einander ganz nahe, und sie gehören zusammen. Und doch kann sie sich ein Leben in diesem völlig zerstörten und verwüsteten Nachkriegsdeutschland, über das sie im Kino Dokumentaraufnahmen gesehen haben, nicht vorstellen. In der Erinnerung, beim Erzählen auf dem Schiff, scheint Triebel diese Fahrt das letzte gemeinsame »wunderlich-wunderbare Erlebnis« ihrer vergangenen Jugend zu sein.

Danach trennen sich ihre Lebenswege. Zwar arbeitet Ernst in Berlin hart daran, durch Übersetzungen Geld zu verdienen, um Maria Luisa die Überfahrt bezahlen zu können. Doch ihre Briefe werden spärlicher, ihre Hoffnung auf ein gemeinsames Leben mit Ernst undeutlicher. Dann bricht der Kontakt ab. Nur noch einmal blitzt in ihren Zeilen die bittere Enttäuschung auf, dass er sie allein gelassen habe. Manchmal, im Träumen oder im Wachen, sehe sie ihn aus jeder Tür treten, höre sie seinen Pfiff unter dem Fenster oder seinen Ruf ›Komm doch endlich!‹

Ernst lebt in diesen Jahren seines Medizinstudiums zwischen zwei Welten, der seiner Vergangenheit in Brasilien und der seiner Gegenwart im Osten Deutschlands. Noch fühlt er sich nicht völlig dazugehörig, doch spürt er zunehmend, dass hier seine Heimat und seine berufliche Zukunft sein wird. Als junger Assistenzarzt bewirbt er sich an eine Klinik in Ilmenau, der kleinen Stadt in Thüringen, aus der Maria Luisa stammt. Dort findet er auf dem Friedhof das Grab ihrer früh verstorbenen Mutter. Eher also gibt es einen Weg zu den Toten als zu der Lebenden in der Ferne. Ob die Frau an der Seite von Rodolfo nun Maria Luisa war oder nicht, wird sich nie endgültig klären lassen. Ernst ist von der Frage gefangengenommen: Ist sie es, ist sie es nicht? Wie so oft bleibt etwas offen in den Geschichten der Anna Seghers, das dem Leser Spielraum gibt für seine eigene Deutung.

Schon der Titel »Überfahrt« betont, dass die Geschichte dieser Liebenden zwischen zwei Welten und zwischen zwei Kontinenten spielt. Die Fahrt über den Ozean verbindet sie miteinander. Die Sterne der südlichen und später der nördlichen Hemisphäre begleiten die Reisenden. In der Erzählung gibt es Marktszenen, wie sie die Autorin sicher oft selber in Mexiko erlebt hat: Papayas, Guajavas, Orangen, Bananen, Ananas, Avocados – »Die Früchte des Landes«. So hatte Anna Seghers ursprünglich diese längere Erzählung nennen wollen. Entstanden ist sie in ihren Anfängen auf der Überfahrt nach Brasilien, die sie zwei Mal, 1961 und 1963, unternommen hat, um dort den Schriftstellerfreund Jorge Amado in Bahia zu besuchen.

In seinem Garten konnte sie wunderbar schreiben. Sie nahm ihre alte Remington-Reiseschreibmaschine mit, ein Geschenk aus ihrer eigenen Exilzeit in Mexiko. Damals, bei der Ankunft der Flüchtlinge aus Europa, hatte ihr der berühmte Wandmaler Diego Rivera dieses Arbeitsgerät besorgt: Sie sollte so schnell wie möglich wieder schreiben können.

Für die Rückfahrt hat der Schiffskoch im Roman für die Reisenden eine besondere Überraschung aufgehoben: Äpfel von zu Hause. Nachdem das Schiff den Äquator überquert hat, gibt es Bratäpfel, etwas sehr Heimatliches, sehr anderes zu den tropischen Früchten des Landes. Ein Zeichen für den Norden. Noch unter dem südlichen Sternenhimmel, voller Sehnsucht das Kreuz des Südens betrachtend, freut sich Triebel nun doch auf die deutsche Heimat.

Die knapp drei Wochen, die das Schiff für die Fahrt von Brasilien nach Rostock braucht, sind Ernst Triebel als Erzählzeit gegeben, um sich zu befreien von dem Druck, der auf ihm lastet. Am Ende sagt er zu Franz Hammer, seinem Mitreisenden, sein Herz sei jetzt leicht, »als hätte ich einen Stein nach dem anderen ins Meer geworfen«. Und doch bleibt ein Rest Bitterkeit. Anna Seghers aber wäre nicht die, die sie ist, wenn nicht gerade daraus eines der wichtigsten Motive der Geschichte erwachsen würde: Bei allem Veränderlichen und Unruhevollen unseres Lebens ist es gut, wenn etwas Festes für immer in einem Menschen erhalten bleibt, und sei dieses Feste auch ein unvergessliches Leid.

Die Entscheidung für den endgültigen Titel »Überfahrt« hat mehrere Gründe. Anna Seghers selbst war am liebsten unterwegs; auf Schiffen, zwischen zwei Ufern, unerreichbar für die Zuhausegebliebenen. Kein Telefon, keine noch so wichtige Versammlung im Schriftstellerverband konnte sie wegholen vom Schreiben. Nicht von ungefähr nannte sie den kleinen Balkon am Arbeitszimmer in Adlershof ihren »Mastkorb«. Sie saß hoch oben über der Straße, hatte einen weiten Ausblick über die Gegend und konnte die Gedanken fliegen lassen. Sie fühlte sich frei und ungestört.

Sagen von Unirdischen

In Wirklichkeit war aber Marie nicht so vollständig tot, wie die Lebenden glaubten. Ihr Herz tat vor Überraschung noch einen gewaltigen Sprung. Auf einmal konnte sie fliegen, wie Engel fliegen, mit unbehinderter Leichtigkeit. Das Weltall war ein einziger Wirbel goldner Luft. In dieser Luft, die sie in vollen Zügen einatmen konnte, morgengoldne, tagweiße, abendrote Luft, steckten all ihre Wünsche. Nicht bloß ihre Wünsche, sondern bereits ihrer Wünsche Erfüllung steckte in diesem Flug, von dem sie auf Erden geträumt hatte. Sie wirbelte in den Himmel hinein, aus dem Michael zu ihr gekommen war. Sie hörte einen Chor, der mit dem Chor daheim nicht zu vergleichen war. Ihre eigne Stimme, zart aber stark, klang ganz anders, als sie da unten jemals geklungen hatte. Niemals würde ihr Glück aufhören, Tod und Leben in einem.

Michael, als er zu seinem Stern zurückflog, hatte Marie und ihren Vater, den Meister Matthias, mitgenommen. Der Raumfahrer kam von seiner Erkundungsmission auf der Erde, jenem seltsamen Stern, und wollte den Seinen wenigstens zwei dieser Menschenkinder zeigen zum Beweis, was für außergewöhnliche Dinge die Erdenbewohner hervorbringen. Das, was der Meister Matthias mit seinen Händen schaffen konnte, war ihnen fremd auf dieser anderen, fernen Galaxie.

Eine utopische, eine Science-Fiction-Geschichte. Und zugleich eine, die im irdischen Mittelalter spielt, zur Zeit der Bauernkriege, der Reformation und Gegenreformation in Deutschland. Anna Seghers stellt den Besucher aus dem Weltall beinahe wie einen Menschen vor uns hin, fremd und vertraut zugleich. An Gestalt den Menschen gleichend, ihre Sprache sich aneignend, ist er doch wiederum ein anderer, der das Treiben der Menschen, ihre Affekte nicht verstehen kann – nicht ihre Leidenschaften, nicht ihre Grausamkeiten.

Als er mit seinem Raumschiff auf der Erde gelandet war, hatte ein halbwüchsiges Mädchen alles beobachtet. Ergriffen, doch furchtlos spricht es ihn an und gibt zu erkennen, für wen sie den Fremden im silbernen Fliegeranzug hält: »Einer der Sieben, die vor dem Herrn stehen. Bist du vielleicht Michael?« Ungefragt nimmt der das biblische Motiv an.

Michael und seine Kameraden sind entsetzt von dem, was sie mit ansehen müssen auf diesem Stern: Kriege, Morden und Brennen, Missgunst und Totschlag, Verdächtigungen und Folter. Aber gleichzeitig ist da etwas, was sie fasziniert: Glockenklänge, Töne von einem alles verschlingenden Rauschen durch den Raum, Schönheit und ein Schöpfertum, was es bei ihnen nicht gibt: die Kunst.

Das Mädchen Marie führt den Ankömmling zu ihrem Vater, der so bedrängt ist, der so sehr »wartet, wartet, wartet«, dass seine Gebete erhört und die Engel des Herrn kommen, dem Morden ein Ende zu bereiten. In der Werkstatt des Meisters Matthias hat Michael die erste Begegnung mit dieser ungeheuren Fähigkeit der Erdenbewohner, aus ihrem Inneren heraus etwas schaffen zu können, was eindrucksvoller und wunderbarer ist als alles, was er bisher kennt. Der Holzschnitzer Matthias, der Künstler, wird zum Inbegriff dieser ausschließlich menschlichen Gabe – so, wie der Philosoph Karl Marx schreibt: Der Mensch produziert auch nach den Gesetzen der Schönheit. Dem stellt die Autorin auf der anderen Seite jene fremde, technisch weit höher entwickelte Zivilisation auf Michaels

Stern gegenüber, die nur nach den Gesetzen und Erfordernissen der Nützlichkeit produziert.

Für Michael ist es unbegreiflich, dass den Menschen beides innewohnt: die Gabe, mittels Kunst die Gattung zu übersteigen, und zugleich die Möglichkeit, sich selber und seinesgleichen zu vernichten – mit äußerster Brutalität, Gewalt und Zerstörungswut. Die eigene Gattung auszulöschen, steht als höchste Gefährdung der Menschheit wie ein Kainsmal eingeprägt.

Der Meister zeigt Michael sein zuletzt entstandenes Werk, ein Altarwerk aus rötlichem Buchenholz. Er sieht stolz »das erschütterte Gesicht seines Gastes«. Michaels Augen leuchten auf »in ratlosem Glück«. So etwas erscheint ihm unglaublich, schön und von einer Kraft, die auch ihn bis ins Innerste erschüttert. Doch wozu machen die Menschen so etwas? Weshalb sticken dreißig Mädchen drei Jahre lang an einem großen, golddurchwirkten Wandteppich: die Jagd nach dem Einhorn unter dem Thron der Jungfrau? Begreifen kann er es nicht. Der Besucher aus dem All ist tief beeindruckt von dem, was er zu sehen bekommt, und doch fragt er: »Warum aber? Wem nützt es?« Hier stehen zwei grundverschiedene Aspekte der Wirklichkeitsaneignung zur Debatte: die durch Kunst und die durch Wissenschaft und Technik. Dort, wo Michael herkommt, benutzt man seinen Verstand, »alles, was nützlich ist, zu erzeugen«. Dass man Kunstwerke schafft, um die Menschen glücklicher zu machen, ist seiner Zivilisation fremd. Der Meister kann seine Tochter nur für töricht halten, wenn sie glaubt, Michael und die Seinen seien Engel des Herrn: »Wie kann denn ein Engel von einem so dürftigen Stern stammen, auf dem man von Kunst nichts weiß.« Unvorstellbar für ihn.

Als das feindliche Heer der vereinigten Burgherren über die Stadt herfällt, die zur Erforschung ausersehen war, wird alles niedergebrannt und der Meister Matthias gezwungen, mit gefesselten Händen der Vernichtung seiner Werkstatt und damit seines letzten großen Werkes zuzusehen. Hinter dieser Künstlergestalt scheint, von Anna Seghers nicht unbeabsichtigt, das Schicksal des Bildschnitzers Tilman Riemenschneider (um 1460–1531) auf, der mit seiner Kunst entscheidenden Einfluss auf die Ausbildung des frühbürgerlichen Selbstbewusstseins genommen hat. Faksimiles von Urkunden aus der Zeit des Bauernkriegs, 1520 unterzeichnet von Thomas Müntzer, die an der Wand ihres Arbeitszimmers hängen, zeugen von der geistigen Verbundenheit der Schriftstellerin mit jener frührevolutionären Epoche.

Im letzten Moment retten die Unirdischen Vater und Tochter, indem sie die beiden Menschen im Flug aus der Umzingelung herausholen und über die Stadtmauer zum Landeplatz ihres Raumschiffes bringen. Noch während des Fluges zurück zum Herkunftsstern aber stirbt Marie, ihr Herz war der alles übersteigenden Anspannung und Erregung nicht gewachsen. Michael beschließt, ihren Körper nicht als irdisches Schaustück in seiner Heimat vorzuführen. Er übergibt ihn dem Weltall. In eben diesem Augenblick macht Maries Herz *vor Überraschung noch einen gewaltigen Sprung*: Sie fliegt – wie sie es vielleicht auf Erden in ihren geheimsten Träumen mit den Engeln konnte, die kommen und den Vater und sie retten würden. Hier gibt Anna Seghers einmal mehr ihrer besonderen Überzeugung Ausdruck, dass die Lebenden und die Toten niemals so vollständig voneinander getrennt sind, wie es den Anschein hat.

Der Meister Matthias lebt noch eine geraume Zeit weiter, wenn auch gänzlich verstummt und innerlich erstarrt. Dennoch beginnt er auch in der fremden Umgebung noch einmal, mit Holz zu arbeiten. Lange nach seinem Tod öffnet man einmal sein Grab und findet neben dem Skelett einen Holzblock, aus dem er die Gestalt eines Mädchens zu formen begann. Die Erzählerin lässt bewusst vieles offen und vertraut der Vorstellungskraft ihrer Leser. Ihr künstlerisches Credo muss deshalb nicht in Worte gefasst werden, damit sich ihre Hoffnung mitteilt: Wirklich große Kunstwerke können zur Verständigung auch unter einander fremden Kulturen beitragen, sie sind das Verbindende zwischen dem Verschiedenartigen. Und sie werden immer für die menschliche Zivilisation zeugen, wie sehr die sich auch gegen die eigene Natur und das Lebensinteresse der eigenen Gattung versündigt.

Die Geschichte geht immer weiter. Generationen später wird in den »Sagen von Unirdischen« erneut eine Expedition zur Erde aufbrechen, um die Erforschung dieser Wesen fortzusetzen. Und immer noch herrschen Krieg und Not. Dennoch, der Mensch ist unverwüstlich. »Ameisenhaft« setzen die Lebewesen in den Trümmern der zerstörten Städte und Dörfer ihre Existenz fort. Einer der jetzt Gelandeten, er nennt sich Melchior, lebt bald mit einer jungen Frau zusammen, weil ihre Liebe ihm gefällt. Jene Katrin wird als Hexe verschrien, und als ihr von den Mitmenschen Gefahr droht, packt Melchior sie mit einem Schwung um die Hüften und fliegt mit ihr hoch über der Stadt. Darin liegt ihrer aller Traum – sich im Flug über das Böse, Niedrige und Gemeine zu erheben: »Katrin schrie vor Freude.«

Irgendwann aber bricht die Funkverbindung des Melchior zu seinem Heimatstern ab, eine Katastrophe muss dort vorgefallen sein, die vielleicht seine Zivilisation ausgelöscht hat. »Ganz langsam starb er, als ihm klar wurde, daß seine Meldungen von niemandem gehört wurden und er nie eine Antwort erhalten würde.« Wenn die Verbindung eines Wesens zu seiner Herkunft, seinen Wurzeln zerreißt, verkümmert er und erlischt. Wiederum Generationen später ist aber unter den Nachkommen von Katrin und Melchior ein Junge, der in einer alten Truhe mit Erbschaften der Vorfahren ein seltsames muschelartiges Gerät findet, sich ans Ohr hält und eine Reihenfolge unerklärlicher Töne hört ... So enden die Sagen vom Besuch der Unirdischen auf der Erde mit der tröstlichen Hoffnung, dass der Kontakt zwischen den scheinbar so fremden Zivilisationen doch nie für immer abreißen möge.

Die Reisebegegnung

Kafka hatte nachdenklich zugehört. Sein Gesicht war fast schön, als er dachte: Gewiß, jeder ist schuld an dem, was er schreibt. Jeder von uns muß wahr über das wirkliche Leben schreiben. Die Schwierigkeit liegt darin, daß jeder etwas anderes unter »wahr« und »wirklich« versteht. Die meisten verstehen darunter nur das Derb-Wirkliche. Das Sichtbare und das Greifbare. Sobald die Wirklichkeit in Geträumtes übergeht, und Träume gehören zweifellos zur Wirklichkeit – wozu sollten sie denn gehören? –, verstehen die Leser nicht viel.

Kafkas Gesicht verändert sich, es leuchtet von innen heraus. So wichtig und bedeutsam sind die Gedanken, die sich ihm in diesem Augenblick formen. Das Geträumte hinter der Wirklichkeit spiegelt sich in seinen Zügen. Eine Künstlergeschichte, und eine der geheimnisvollsten und poetischsten dazu. In diese Sätze, die der Schriftsteller Franz Kafka denkt, fasst Anna Seghers ihr poetisches Credo. Sie bekennt sich – im Namen der drei Dichter, die sie zu einem Treffen zusammenführt – zu Fantasie, Träumen und dem Unterbewussten als den Quellen den Literatur.

Als E. T. A. Hoffmann das Café in Prag betritt, sitzt Kafka bereits dort und schreibt. Hoffmann ist mit dem russischen Schriftsteller Nikolai Gogol verabredet, der auf der Heimreise nach Russland

Kafka

durch Prag kommt. So sitzen die drei dann an einem Caféhaustisch beisammen, tauschen sich aus über Kunst und Leben, über ihre Literatur und ihre Hoffnungen auf einen aufnahmebereiten Leser. Auch Anna Seghers selbst liebte es, mit Freunden beisammen zu sitzen, bei Kaffee und Kognak sich auszutauschen über Neuigkeiten oder das, was ihnen gerade im Augenblick auf den Nägeln brannte. In ihrer mainzerischen Mundart nannte sie es »schwätzen«. Lassen wir sie also mit an diesem Tisch sitzen unter ihren Schriftstellerkollegen – drei von denen, die sie besonders schätzte und bewunderte.

Natürlich ist es eine fiktionale Begegnung, die es so nie geben konnte, denn, wie jedes Lexikon mitteilt, währte Hoffmanns Leben (1776–1822) nur wenige Jahre gleichzeitig mit dem Gogols (1809–1852), und dieser wieder lebte fast hundert Jahre vor Kafka (1883–1924). Die Schriftstellerin aber verfügt über die Macht, sie einander dennoch begegnen zu lassen. Sie kann Zeit und Raum nach Belieben in ihrer künstlerischen Fantasie verschieben, kann Traum und Wirklichkeit einander durchdringen lassen. Eben darum geht es in der Erzählung, die 1972 entstand. Sie enthält die Realismusauffassung der Anna Seghers.

Die drei Schriftsteller machen sich miteinander bekannt und bitten sich gegenseitig, den beiden anderen doch etwas aus ihrem Werk vorzulesen. Weder sie noch wir wundern uns, dass sie sich so in realer körperlicher Erscheinung am gleichen Ort treffen können. Kafka liest zunächst für Hoffmann ein Stück aus dem Roman »Das Schloß« und später noch für beide einen Abschnitt aus der Erzählung »Der Kübelreiter«. Nikolai Gogol bitten sie um eine Lesung aus dem berühmten Roman »Die toten Seelen«, an dessen Fortsetzung er arbeitet. Und E. T. A. Hoffmann, der Älteste von ihnen, erzählt von seinem »Ritter Gluck«. Besonders dieser Hoffmann, der oft mit märchenhaften und gespenstischen Sujets Umgang hat, plädiert für eine Wirklichkeit, zu der viel mehr gehört als nur die nackte Realität. Bei ihm fällt auch der Begriff des Sonderbaren, den Anna Seghers dann für die ganze Trilogie jener Geschichten wählt, die sie 1973 zu dem Band »Sonderbare Begegnungen« zusammenfasst. Die drei Dichter debattieren – in einem Gemisch von Sprachen – darüber, ob es denn jedem von ihnen freigestellt sei, mit Zeit und Raum frei, nach eigenem Gutdünken umzugehen. Gogol wirft dem deutschen Kollegen vor, zu willkürlich das Geschehen zwischen Vergangenheit und Gegenwart hin- und herzuschieben. Hoffmann aber denkt, gerade er, der als der wildeste Träumer unter ihnen gilt, habe doch am meisten unter dem Zeitgeschehen gelitten, dessen realen Zwängen er sich weder entziehen konnte noch wollte. Träume sind die Bilder der Nacht. Geradezu suggestiv fragt ja die Autorin im Motto zu den »Schönsten Sagen vom Räuber Woynok«: *Und habt ihr denn etwa keine Träume, wilde und zarte, im Schlaf zwischen zwei harten Tagen?* Jeder Mensch, so ihr Bekenntnis, lebt auch in seinen Träumen, der Künstler aber schöpft zudem aus ihnen. So geht es zu mit der Verarbeitung der Wirklichkeit in der Kunst: Sie wird nicht etwa dadurch unwahr, dass sie dem Realen nicht im Verhältnis 1:1 entspricht. Und das, was auf den ersten Blick wie pure Fantasie erscheint, kann oft »ein Stück handfeste Wirklichkeit« enthalten. Hoffmann musste, gerade um diese unerbittlichen deutschen Zustände zu seiner Zeit ausdrücken zu können, von der Wirklichkeit ins Fantastische springen und umgekehrt. Nicht nur Träume und Fantasien, so lässt die Autorin ihn insistieren, gehören zu seiner Welt, sondern auch Vorahnungen und Hoffnungen und Ängste.

Beinahe erinnert das an die Welt des magischen Realismus, wie man sie später mit der Prosa der großen lateinamerikanischen Erzähler verband. Nicht zufällig war Anna Seghers diejenige in der deutschen Literatur, die frühzeitig auf das überragende Erzähltalent des kolumbianischen Schriftstellers Gabriel García Márquez aufmerksam gemacht hat, lange vor Erscheinen seines großen Romans »Hundert Jahre Einsamkeit«. Sie vertritt ganz ähnliche Maximen in ihrer Literatur, durchdrungen mit starken mythischen und magischen Bildern.

Kafka, wenn sich jene Gedanken in seinem Kopf formen, sieht fast schön aus: Der kränkliche, dünne, eher unscheinbare Mann wird in diesem Augenblick ganz frei. Er weiß, dass die Zeit und damit die Realität mit seinem Leben und Schreiben untrennbar verbunden sind. Die Krankheit, die seit Jahren in ihm gewachsen ist, wird ihn vielleicht schon bald zerstören. Doch er hat das in seinen Kräften Stehende getan. Er muss sich keine Vorwürfe machen, sich in seiner Kunst von der Wirklichkeit entfernt zu haben. Diese Sicherheit spiegelt sich auf seinem Gesicht, das jetzt gelöst und eben *fast schön* wirkt. Ein Strahlen, das ihn verändert, kommt von innen. Auf wunderbare Weise hat Anna Seghers hier ihrer Liebe zu Kafka und seiner Literatur Ausdruck gegeben. So, als sitze sie neben ihm und schaue ihm, während er nachdenkt, ins Gesicht. In den 1960er Jahren hat gerade sie sich dafür eingesetzt, dass Kafkas Werke endlich auch in Verlagen der DDR erscheinen konnten.

Im Zwiegespräch zwischen Hoffmann und Kafka berührt die Dichterin auch ein Motiv, das ihr so stark wie kein anderes am Herzen liegt: Literatur müsse noch im ausweglosesten Dunkel irgendwo einen Hoffnungsschimmer aufscheinen lassen, und sei er noch so klein – eine Bresche in der Mauer, so nennt sie es, vergleichbar dem winzigen Durchlass, den ein Gefangener sich sucht, um eine Botschaft für andere Menschen hindurchzustecken. Und hier kommt einmal mehr ihre Überzeugung zum Ausdruck, dass der Künstler »Lichtpünktchen« setzen müsse: »Gewisse dunkle Bilder, zum Beispiel von Rembrandt, bekommen erst ihren Sinn durch solche kleinen, richtig eingesetzten Lichter.« Die Erzählerin, die selbst vom Bild, von der bildenden Kunst herkommt, kann mit diesem Vergleich anschaulich zeigen, worin für sie die Macht der Kunst liegt. Diese Fähigkeit, die Menschen im Innersten zu ergreifen, weist sie vor allem der Sprache zu. Und wiederum ist es Kafka, den sie denken lässt: Wie wunderbar die Sprache ist, wie rätselhaft! Er zitiert aus einer chassidischen Legende: »Wenn du ein Wort von Gott sprichst, gehst du mit all deinen Gliedern in das Wort hinein.«

Als die beiden anderen Dichter ihn verlassen haben – Hoffmann nimmt den Zug zurück nach Dresden, Gogol steigt an der russischen Grenze in eine Postkutsche um –, wird Kafka bewusst, dass er mit ihnen offener hatte sprechen können als mit seinem besten Freund. Ein tiefes Vertrauen war zwischen ihnen, trotz manch unterschiedlicher Auffassung. Man war sich einig im Wesentlichen: Die Kunst muss dem Menschen helfen, seine Wirklichkeit genauer zu sehen. Nun, nachdem sie gegangen sind, fühlt er sich unsäglich einsam. Kafka weiß nicht, wie viel Schreibleistung er der Krankheit noch abtrotzen kann, bevor der Tod ihn packen wird. Noch während er dem nachsinnt, holt ihn der nüchterne Alltag wieder ein – in Gestalt seines Vaters, der nie ganz verstehen wird, was der Sohn da treibt: »Da sitzt du und spinnst«, ruft der zornig. »Wir warten mit dem Essen, und du verplemperst die Zeit!«

Am Ende, weil keiner der beiden ausländischen Schriftsteller die richtigen Valuta in der Tasche hat, bezahlt Kafka die Zeche für alle drei im Café. Durchaus kein Zufall, ist es doch seine Stadt und seine Zeit, in der ihre Begegnung stattfindet. Er kann in keine andere Epoche ausweichen. Dass der Jüngste die Zeche bezahlt, bedeutet auch die Aufnahme des Erbes, das der Gegenwärtige – in Geschichte und Kunst – von seinen Vorgängern übernimmt. Gogol hingegen, an der Poststation in die Kutsche steigend, reist ebenso zurück wie Hoffmann: »Die Pferde setzten sich in Trab. Schnaubend und klingelnd zogen sie über die Landstraße, zurück ins vergangene Jahrhundert.«

Steinzeit

Schließlich entstand ganz klar und deutlich das Gesicht seines kleinen Bruders mit dem erwartungsvollen Blick. Gary möchte ihm wenigstens die letzte Zigarette überlassen, aus dem Päckchen, das für den Großvater bestimmt war. Gary spürte durch und durch die Enttäuschung des Jungen, als sein Bruder nach böser, scheinbar anbietender Bewegung die Zigarette doch wieder in das Päckchen steckte und dieses in die Tasche.
Gary dachte: Warum hab ich so was getan?
Er duckte sich, und er fror.

Gary ist einer, der andere im Stich lässt. Der nur für sich lebt, nur an sich denkt, der scheinbar niemanden braucht. Aber jeder Mensch braucht irgendwann einen anderen. Denkt er denn nie an die Kindheit, an seine Mutter zurück? Was hat ihn so entsetzlich hart gemacht? Er war Soldat im Vietnam-Krieg. Ist es das? Oder die Erfahrung, als Kind vom Vater stets geprügelt worden zu sein?

Die Erzählung verfolgt Gary von seiner Gewalttat, einer Flugzeugentführung mit der Erpressung einer großen Geldsumme, bis zu seinem Ende. Zunächst glaubt er noch, er habe immer Glück. Alles scheint zu gelingen – der Fallschirm, mit dem er sich absetzt, landet genau an der geplanten Stelle. Vietnam war ein Überlebenstraining für ihn. Das Geld kann er ohne Umstände auf verschiedenen Banken deponieren. Einen Pass mit südamerikanischem Namen besorgt ihm ein Kriegskamerad. Da kommt ihm zugute, dass die Familie seiner Mutter aus Mexiko stammt und sie mit ihrem kleinen Sohn oft Spanisch sprach. Er kann seine Identität mühelos wechseln. Nun heißt er José Hernández und ist Kolumbianer. Er schlägt sich durch, immer weiter ins kolumbianische Hinterland hinein. Doch jedes Mal, wenn er erfolgreich an einer weiteren Station seines Weges Fuß gefasst hat, glaubt er sich verfolgt. Das Gefühl, die Häscher säßen ihm schon im Nacken, drückt ihn beständig.

Immerzu muss er weiterziehen. Keinem schließt er sich dauerhaft an. Die einzige Liebe, die er findet, die schöne junge Frau Eliza, gibt er auf in dem Wahn, die Polizei sei ihm wieder auf der Spur. »Er war mutterseelenallein. Er war immer, immer allein gewesen. Wenn es im Krieg auch Kameraden gegeben hatte, darunter den Henry Maxwell, gegen Alleinsein kam das nicht auf. So ist es am besten. Wer etwas wagt, muß allein sein.« Auf wen immer er trifft, bei wem er für einige Zeit arbeitet, allen misstraut er schließlich. Keinem einzigen Menschen kann er sich anvertrauen. Es ist eine Zeit der Einsamkeit, die für Gary keine Erlösung kennt.

Irgendwann unterwegs fällt ihm der Satz ein, den ein US-amerikanischer General damals in die Welt hinaus schrie: Sie würden Vietnam in die Steinzeit zurückbombardieren. Diesen historisch verbürgten Ausspruch macht Anna Seghers zur Titelmetapher ihrer Erzählung. Es war etwas Ungeheuerliches in den 60er, 70er Jahren ihres Jahrhunderts, dass der große, übermächtige Staat USA das kleine, von langen Kolonialkriegen und Katastrophen geschwächte Land mit Grausamkeit in seine Fänge nahm, es malträtierte mit Bomben und Napalm. Doch besiegen konnten sie es nicht. Irgendwann liest Gary, einmal in eine Stadt gekommen, in der Zeitung vom Friedensschluss mit Vietnam. Dann war ja alles umsonst, denkt er, all unsere Kameraden umsonst gefallen. Dass auch seine Flucht und seine Einsamkeit etwas mit seinem vergangenen Leben in Vietnam zu tun haben könnte, kommt ihm nicht in den Sinn. Nun schlägt die Absicht der kriegführenden Macht auf ihn selber zurück. *Steinzeit*, das bedeutet für Gary auch das Erstarren seiner menschlichen Empfindungen.

Je weiter er vordringt in die dichten Urwälder zwischen Kolumbien und Brasilien, desto weiter entfernt sich dieser Mann von seinem Lebenszentrum. Von der Illusion, mit dem erpressten Geld ein neues, besseres Leben anzufangen, ist nichts geblieben. Sie rückt unerreichbar fern. »Es zog ihn gewaltig in die Wildnis. Die Wildnis zog ihn gewaltig in sich hinein.« Einmal trifft er auf einer Halbinsel unter fern der Zivilisation lebenden Indios auf einen weißen Amerikaner, den Forscher Tom Hilsom. Gerade von diesem Menschen wünscht sich Gary, er möge ihm nicht auf den Fersen sein, nichts gegen ihn im Schilde führen, einzig der Zufall möge sie zusammengeführt haben. Doch schon glaubt er sich wieder einmal verraten zu haben, indem er aus Versehen Englisch mit ihm spricht und Vietnam erwähnt, wo man gelernt hat, aus Moskitonetzen ein Zelt zu bauen. Und wieder geht er auf und davon, zieht weiter und weiter in die menschenleere Ferne. Wie ein einsamer Wolf ist er. Immer darauf bedacht, keine Spuren zu hinterlassen, seine Identität unkenntlich zu machen. Sein größter Fehler wohl war es, die Frau zu verlassen, die ihn so sehr geliebt hat, Eliza. Eine solche Liebe, eine solche Gemeinschaft gibt man nicht ungestraft preis.

Dreimal in der Geschichte kommt ein Junge vor, der an Gary hängt, der ihn bewundert und gern von ihm beachtet werden möchte, und alle drei enttäuscht er maßlos, verlässt sie und hält sein Versprechen nicht: der kleine Bruder zu Hause, der Sohn des Ranchero, bei dem er als Oberaufseher arbeitet, und der Junge aus der Holzfällergruppe, der ihn im Boot über den Fluss holt. Gary ist derjenige, der alle anderen enttäuscht. Und er merkt nicht, wie sehr er sich selber damit weh tut. Die Erinnerung an die Gesichter dieser drei Jungen kommt wieder und lastet auf seiner Seele. Denn auch er hat eine Seele – wie denn nicht? Im Innersten spürt er: Er ist etwas schuldig geblieben. Das lässt sich nie wieder gutmachen.

Am Ende führt ihn sein Weg in die unwegsame Wildnis schroffer Berge. Dumpf und grau ist die Steinwelt um ihn herum. Kein Weg scheint zurück zu führen in die lebendige Welt der anderen. Selbst die Sterne scheinen ihn abzuweisen. Ihm ist, es habe er den Bergpass verfehlt, auf dem er vorwärts kommen wollte. »Einen Halt fand er nicht beim Absturz.« Gary hat den Boden unter den Füßen verloren, endgültig. Noch im Stürzen rast der Gedanke durch sein Hirn: »Der Fallschirm, verdammt, geht nicht auf.« Nichts mehr wird *aufgehen* für diesen Mann und nichts mehr wird es für ihn geben, keinen nächsten Morgen, keinen nächsten Weggefährten. Er selbst ist in die Steinzeit geraten.

Doch damit lässt die Erzählerin ihre Geschichte noch nicht enden. Hilsom, der, zurück in den USA, die Notizbücher seiner Forschungen aufarbeitet, stößt auf die Eintragungen über Gary, jenen seltsamen, verschlossenen Menschen, den etwas Schweres zu bedrücken schien. Und er macht jede Zeile, jedes Wort unkenntlich, löscht »jede Spur für jetzt und immer«. Die schlimmste Strafe, die man sich denken kann: aus dem Gedächtnis der Mitmenschen getilgt zu werden. Das ist, wie nie gelebt zu haben. Nichts hinterlässt er, das von seiner Existenz zeugen würde – kein Kind, keine Geliebte, nichts. Anders als Jason im »Argonautenschiff«, auch der ein einsamer Mensch, erscheint ihm nicht, Trost und Gelassenheit spendend, im Angesicht des Todes die Erinnerung an die Mutter. Eine Mutter, die sich um ihren Sohn sorgt, ist immer eine Hilfe, wie ausweglos die Situation auch sein mag. Selbst diesen letzten Halt im Leben hat Gary verloren.

Wiederbegegnung

Am dritten Tag gingen sie rasch hin und her auf dem Gartenweg. Ihr Ellenbogen lag in seiner hohlen Hand. Auf einmal begann er: »Celia!« Sein Ton war verändert. Sie drehte sich schnell um und legte die Hand auf seinen Mund und sagte: »Ich weiß, was du mir jetzt sagen willst. Du brauchst gar nichts zu sagen. Ich habe es gewußt, bevor du herkamst. Ich wollte nicht unser bißchen Zeit mit Abschied verkürzen. Du mußt gleich wieder fort.« – Auch er verlor keine Zeit mit Staunen. Er sagte: »Ich hab dir damals, als wir uns trennten, versprochen, wir sehen uns wieder, und ich hielt mein Versprechen, und jetzt sag ich's dir noch einmal. Nur, daß ich nicht mehr zu kommen brauche. Du wirst zu mir kommen.«

Sie sind wie Penelope und Odysseus. Wie das mythische Paar, das gezwungen war, sich für lange zu trennen, und einander dennoch die Treue hält.

Anna Seghers erzählt die Geschichte von Celia und ihrem Mann Alfonso Varela als ein Gleichnis von unzerstörbarer Liebe, an der sie über alle Anfechtungen und Gefährdungen hinweg festhalten. Sie gibt der Liebenden den Namen einer ihr sehr nahen südamerikanischen Freundin, Zelia, der Frau ihres brasilianischen Schriftstellerfreundes Jorge Amado. Sie glaube, hat die Dichterin einmal gesagt, »daß eine gute und stolze Liebe den Menschen stark macht, und das hat er wohl nötig in seinem Leben.«

Es ist eine der wenigen Erzählungen, in denen sich die Schriftstellerin selber ins Spiel bringt. Sie sitzt, nach ihrer langen Krankheit zum ersten Mal wieder, in jenem Café in der Stadt Mexiko, in das sie so gerne ging, um zu schreiben. Dort verkehren vor allem die Emigranten aus dem faschistischen Franco-Spanien. Unfreiwillig wird sie Zeugin eines hastig geführten Gesprächs unter den Exil-Spaniern. Sie fängt ein paar Brocken auf, von einem Mann, der vielleicht, heimlich, keiner weiß es genau, im illegalen Auftrag aus Spanien hierher geschickt wurde. Andere am Tisch streiten es sofort hartnäckig ab. Es sind nur die Anfänge einer Episode, deren Fäden sie weiterspinnt, weil die wenigen Sätze sie im Inneren erreicht haben. Sie kennt weder die Männer im Café noch den Illegalen, auch nicht seine junge Frau Celia, die dann im Mittelpunkt der »Wiederbegegnung« steht. Doch wie Kieselsteine, flach übers Wasser geworfen, ihre Ringe an der Oberfläche ziehen und dann ins Wasser sinken, so müssen die Sätze der Fremden in ihr auf den Grund des Gedächtnisses getroffen sein. Jahre später wird daraus eine der ergreifendsten Liebesgeschichten, die Anna Seghers je erzählt hat.

Es war die Zeit, als die Deutschen an der Wolga geschlagen worden waren, der Krieg ging in seine letzte Phase. Man weiß, damals etwa hat Anna Seghers ihre lange Schwäche nach dem schweren Verkehrsunfall in Mexiko-Stadt allmählich überwunden. Es ist für sie eine wichtige Epoche, in der vieles zusammenfällt, was sie erregt: die eigene Todesgefahr, die plötzlich so nahe an sie herangerückt war; die schreckliche Nachricht von der Deportation ihrer Mutter aus Mainz in ein deutsches KZ nach Polen; zum anderen auch der riesige Erfolg ihres Roman »Das siebte Kreuz«. Eine Zeit also, die sie noch dünnhäutiger und empfindsamer macht, als sie es ohnehin ist, hellhörig für das Glück und Unglück der anderen. Sie schreibt eine Geschichte, in der es um Hoffnung und Verlust geht, um Standhalten und um die Gefahr, einander für immer zu verlieren.

Von Celia, der Frau des Genossen Varela aus der Leitung der spanischen kommunistischen Partei, weiß man nur: Auf sie war immer Verlass. Man hat ihren Mann wirklich für kurze Zeit nach Mexiko geholt, damit er der Parteileitung im Exil Bericht erstattet über die Lage in der Heimat. Äußerste Vorsicht ist geboten. Die Gefahr von Verrat ist immer da. Er darf nur wenigen Eingeweihten begegnen, nicht einmal seiner Frau; kein unnötiger Mitwisser ist zulässig. Dann muss er sofort zurück, um in der Illegalität weiter den Widerstand gegen Franco zu organisieren. Dennoch, es gibt einen unter den Genossen in Mexiko, der sagt: Das wäre unmenschlich. Einer spricht für sie, Celia. Es ist ihr Kindheitsfreund Antonio Méndez, der sie am besten kennt. Schon als Knabe beim gemeinsamen Spiel hatte ihn etwas in ihrem Gesicht getroffen, das ihm erst jetzt, Jahrzehnte später, bewusst wird: eine tiefe Schönheit, die aus ihrem Inneren strahlt.

Celia ist eine starke Frau. Sie ist freundlich zu allen und kümmert sich um die kleinen Kinder der Emigranten. Aber die engsten Freunde sehen ihr an, dass sie an der Jahre dauernden Trennung und der Ungewissheit über das Schicksal des Liebsten langsam, ganz langsam zugrunde gehen wird. Ohne Freude kann der Mensch nicht leben und nicht ohne Hoffnung. Celia muss ihn sehen dürfen, ein paar Tage muss man den beiden geben ... Für das Paar ist die Wiederbegegnung ein ungeheures Geschenk. Und doch ist, in ihrem glücklichen Beisammensein, das drohende Unheil schon erahnbar. Mann und Frau klammern sich aneinander wie an einen rettenden Strohhalm, »als seien sie in Gefahr, ihrem Glück untreu zu werden und sich zu verlieren im Dunkeln. Die Dunkelheit war plötzlich gekommen.« Die Liebenden erneuern ihren Schwur, sich wiederzusehen, koste es, was es wolle.

Diese Dunkelheit ist ein steter Begleiter des Exils. Anna Seghers kennt sie genau. Man lebt hautnah mit der Bedrohung, Tag für Tag. Die Gesetze der Illegalität sind hart. Der Überlebenskampf erfordert diese Härte. Doch die Erzählerin weiß auch, eine Hoffnung kann man nicht einfach aufgeben, und an eine große Enttäuschung kann man sich nicht gewöhnen. Der Mensch braucht diese Lichtpünktchen, von denen in ihrer Literatur immer wieder die Rede ist. In der Dunkelheit muss es wenigstens einen winzigen Spalt geben, durch den ein Lichtstrahl eindringen kann. Wie ihre Figur Celia hat die Schriftstellerin selbst diese Erfahrung mehr als einmal gemacht. So, als ihr Mann Rodi beim Einmarsch der Deutschen in Frankreich verhaftet und in die Internierungslager gesperrt wird. Auch Anna Seghers muss sich damals geschworen haben: Wir werden uns wiedersehen. Sie weiß genau, wie leicht man einander verliert in den Zeiten von Krieg und Gewalt. Für sie gibt es kein höheres Gebot, als alles dafür zu tun, wieder mit ihrem Mann vereint zu sein. Auch sie ist eine Frau, die mit aller Kraft liebt.

Einige Zeit danach wird es für alle, mit denen Celia Umgang hat, deutlich, dass sie schwanger ist. Manche freuen sich, sie habe sich nun getröstet, habe vielleicht kleine Liebschaften gefunden. Doch die Freundin Anna Méndez weiß es besser: Das würde nicht im mindesten zu ihr passen. Sie sagt ihrem Mann, Celia habe ihr früher einmal versichert, »sie wolle und sie bekäme nur von Alfonso ein Kind«. Für die, die sie genau kennen, ist es der Beweis: Alfonso muss hier gewesen sein.

An jenem Tag dann, als Celias Tochter Luisa geboren wird, herrscht ein merkwürdiges gesprenkeltes Licht, »düster und grell« zugleich, als fiele es durch eine mächtige Baumkrone. Das aber, wir wissen es aus vielen Texten von Anna Seghers, ist ein gutes Zeichen. Ein starker Baum, der gewissermaßen zum Paten des Kindes wird, ist ein Symbol für Kraft und Beständigkeit. Der Baum breitet seinen Schutz über dem neugeborenen Leben aus. Nicht zuletzt ist er ein Sinnbild für die Verwurzelung in der Heimat. Celia wird mit ihrem Kind in die Heimat zurückgehen, nach Spanien, wo Alfonso lebt. Sie werden einander wiederfinden.

Inzwischen verdient sich die geschickte Celia ihr Geld damit, in einem Modeatelier für reiche Kundinnen elegante Kleider zu nähen. Eine davon, die Kanadierin Madame Duverger, Frau eines Diplomaten, wird sie im Gefolge des Konsulats mit nach Europa nehmen, zunächst nach Paris. Der Krieg ist zu Ende. In Spanien aber herrscht noch immer der Diktator Franco. Irgendwo im Untergrund kämpft Alfonso mit seinen Genossen weiter gegen den Terror. Celia vertraut ihren engsten Freunden an: »Wie soll ich die Hoffnung aufgeben? Ich werde ihn sicher wiedersehen. Das weiß ich.« Diese Sicherheit ist wie die der Penelope. Sie hat nie aufgegeben, auf ihren Mann zu warten und an sein Überleben zu glauben. Sie hat nie gezweifelt. Es ist auch dieselbe Sicherheit, die Toaliina am Ende der Erzählung »Das Versteck« wissen lässt, *ihre Flucht war geglückt*.

Die Geschichte ist damit noch nicht zu Ende. Man könnte meinen, sie beginnt nun erst richtig. Und tatsächlich: In der spanischen Heimat findet Jahre später die wirkliche *Wiederbegegnung* der Liebenden statt. Anna Seghers nimmt ihren Leser mit auf Celias langen Weg. Da ist Alfonso in äußerster Gefahr. Er ist von den Francoleuten gequält und gemartert worden, gibt dennoch seine Identität nicht preis. Schwer verletzt liegt er in einem Klosterhospital. Celia schlüpft in die Rolle einer Krankenschwester. Alles hätte diese Frau auf sich genommen, um ihren Mann wiederzufinden. Durch die Hilfe einer barmherzigen Nonne kann Celia ihn noch einmal sehen, seine Wunden pflegen, mit ihren helfenden Händen seinen geschundenen Körper mehr streifen als berühren. Er aber erkennt die Liebste, verkleidet unter einem strengen grauen Tuch, erkennt vor allem ihre Augen. Ja, sie sind wie Odysseus und Penelope. Doch die Probe, die diese Frau dem Mann stellt, muss hier stumm, ohne Worte vor sich gehen: Schau mich an, erkenn mich, ich bins, sagen nur ihre Augen. Und tatsächlich, auch Alfonso besteht die Probe. Mit einem schwachen, kaum wahrnehmbaren Lächeln antwortet er. In ihren Blicken, die sie scheu und hastig tauschen, »war die Liebe, die ihre Leben so heftig zusammen getrieben hatte«. All ihre Zärtlichkeit legt Celia in die sanften Berührungen ihrer guten Hände.

Sie zieht ihr Kind mit Liebe und Umsicht auf, arbeitet und lebt ein scheinbar normales Leben. In ihrer Erinnerung aber wird Celia nur jene Zeit, die sie mit Alfonso zusammen war, als wirkliche, echte Zeit erscheinen, alles andere war »Staubzeit«.

Übrigens hat Anna Seghers diesen Namen schon einmal verwendet, als es um den spanischen Bürgerkrieg ging. In ihren beiden Romanen »Die Entscheidung« und »Das Vertrauen« erinnern sich ehemalige deutsche Kämpfer der Interbrigaden daran, wie sie von der spanischen Krankenschwester Celia gerettet wurden. Die Geschichte ist nicht so, dass man meinen sollte, es handelt sich um dieselbe Person. Sie kann es sein oder auch nicht. Wesentlich jedoch ist, es liegt in beiden Frauenfiguren dieselbe Treue und Verlässlichkeit, die als ein Wesenskern von ihnen ausstrahlt.

zu Anna Seghers „Frauen aus Haïti

Das Versteck

Einmal, als sie in ihrer Höhle lag, brach ein rasender Sturm los. Das Meer riß Stücke der Küste ab. Bäume wurden entwurzelt. Die Wände der Höhle gaben nach. Toaliina kroch durch den rückwärtigen Zugang, der zum Teil schon verschüttet war. Sie klammerte sich am Gestein fest, um zu verschnaufen. Ihr Gesicht war bald zerbissen von der Salzluft. Wo sind meine Kinder? Im Bergwerk? Gefangen? Auf der See? Jeden Augenblick konnte die Brandung sie mitreißen. Mit letzter Kraft krallte sie sich an einen Felsbrocken, sie fühlte bei aller Gefahr, daß das Meer ihr half, mit dem sie von klein auf vertraut war.
Sie wußte, ihre Flucht war geglückt.

1492, als Kolumbus mit seiner Mannschaft Amerika erreicht, glaubt er, in Indien gelandet zu sein. Man nannte die Inselgruppe, die er vorfand, die Westindischen Inseln. Eine davon ist das spätere Haiti. Die Menschen, auf die sie treffen, müssen den Seeleuten aus Spanien nicht nur fremdartig erschienen sein, sondern von paradiesischer Schönheit. Mit ihrer seidenglatten hellbraunen Haut, dem lackschwarzen Haar, den Zahnreihen schimmernd wie Perlenschnüre stellen sie alles in den Schatten, was an den Adelshöfen im heimatlichen Europa als schön und begehrenswert gilt. Sie bewegen sich mit natürlicher Anmut, ohne jede Anstrengung, im tiefsten Inneren verbunden mit der Natur. Sie sind das Andere zu den Europäern, die sich aus der mittelalterlichen Enge ihrer Städte und Burgen gerade erst herausgearbeitet haben. Die dritte Reise des Kolumbus endet schließlich im Jahr 1500 mit der Rückkehr nach Spanien. Von ihr ist die Rede bei Anna Seghers.

Zu der Gruppe von Mädchen, die eine Schiffsbesatzung der Konquistadoren eingefangen hat, um sie am spanischen Königshof als Beweis für das sagenhafte Indien zu präsentieren, gehört Toaliina. Auf persönlichen Wunsch der Königin Isabella werden zwölf sehr junge Mädchen ausgesucht, damit sie in Spanien erzogen werden, um die Gäste am Hof in Erstaunen zu versetzen. Die Schönste unter ihnen ist Toaliina – wieder, wie in den Märchen, ist die eine, um die es geht, die Schönste, die Jüngste, die Anmutigste. Das Schlimmste, was man ihr und den anderen antun kann, ist die Trennung von der Heimat, von ihrem Volk, ihrer Insel.

Das Schiff legt ab. Noch aber ist die Küste in Sichtweite. Diese Mädchen wissen, sie haben nur eine einzige Chance: Sie müssen springen. Ein Vogelschrei, den Toaliina ausstößt, ist das Signal. Wie Fliegende Fische lassen sie sich ins Meer gleiten, und sie bewegen sich im Wasser wie in ihrem eigenen Element. Dennoch sind die Matrosen, die ihnen nachspringen, schneller und kräftiger als sie. Einzig Toaliina gelingt es mit ihrer Geschicklichkeit, ihren Verfolger abzuschütteln. Anders als die Gefährtinnen schwimmt sie nicht direkt auf die Küste zu, sondern überlässt sich der Strömung, kann sich in einem im Wasser treibenden Busch verbergen und wird so an einem fernen Punkt der Küste an Land getragen. Man hilft ihr. Fortan muss sie sich in einer Höhle verstecken, ihr Leben verstreicht im Dunklen, Verborgenen – in einer Falle. Hier hat sie die Begegnung mit einem Mann, hier muss sie ihre Kinder zur Welt bringen, hier vergehen die Jahre ihres Lebens. Alles, was nach ihrer Flucht ihr Dasein ausmacht, spielt sich in diesem Höhlenversteck ab. Wenn sie es verlassen würde, wäre sie verloren: Die spanischen Häscher würden sie aufspüren, sie würde hart bestraft werden, vielleicht mit dem Tod. Ist das Leben ein solches Opfer wert?

Die Höhle aber ist auch ein symbolischer Ort. Überall auf der Welt wird die Höhle mit dem Leib der Mutter Erde gleichgesetzt. Damit ist sie der natürliche Platz für eine symbolische Geburt und Erneuerung, die den ewigen Kreislauf der Natur verkörpern. Das muss man mitlesen, wenn man Toaliinas Geschichte liest. Anna Seghers hat diese Erzählung bereits 1978 geschrieben, als einen der drei Texte aus dem Zyklus »Drei Frauen aus Haiti« (1980 erschienen als letzte Buchpublikation zu Lebzeiten der Schriftstellerin). Dann, im Juli 1978, stirbt völlig unerwartet ihr Mann Laszlo Radvanyi. Der Tod dieses Menschen, der ihr mehr als 50 Jahre der Allernächste war, trifft sie wie ein Schlag. Sie ist traumatisiert, beinahe erstarrt. Dann beginnt sie langsam wieder zu arbeiten. Es ist eine Überlebenstherapie, die einzig ihr angemessene. Sie nimmt sich den Stoff der drei bereits konzipierten Frauengeschichten wieder vor, schreibt »Der Schlüssel« und »Die Trennung«. Damit beschwört sie geradezu das Leben. Es soll weitergehen.

Mit der gewagten Feststellung, *ihre Flucht war geglückt*, endet die Geschichte von Toaliina. Wie kann sie das wohl sein, wenn die Frau am Ende von einem Sturm fortgerissen wird? Der alles entscheidende Impuls aber ist, *daß das Meer ihr half, mit dem sie von klein auf vertraut war*. Das Meer, das Wasser – wie schon in mancher anderen Erzählung der Seghers – ist der Verbündete des Menschen, der in Not ist. Wenn kein anderer mehr helfen kann, dann tritt die Natur selber auf den Plan und nimmt sie bei sich auf: Sie spürt es *bei aller Gefahr*.

Zweimal in ihrem Leben vertraut sich Toaliina dem Meer an. Sie versucht gar nicht erst, sich gegen die gewaltigen Kräfte des Meeres, des Sturms und der Brandung zu stemmen. Intuitiv weiß sie, das wäre sinnlos, sie wäre in jedem Fall die Schwächere. Sondern sie überlässt sich diesen Kräften, dadurch ihre eigenen Fähigkeiten erst zur Geltung bringend. Indem sie *mit* dem Meer, mit der Strömung schwimmt, verdoppeln sich die möglichen Kräfte, statt sich gegenseitig aufzuheben. Der Gedanke, ihre Flucht sei geglückt, kann sich so auf beides beziehen: den Sprung vom Schiff und schließlich, am Ende, das immerwährende Geborgensein im Meer.

Die Autorin meint nicht nur, dass das Leben ein solches Opfer wert ist, sondern dass Toaliina ihr Leben gar nicht zum Opfer gebracht, vielmehr gelebt hat. Zwar in äußerster Einschränkung, im Verzicht auf Sonne, Licht und Farben, auf Bewegungsfreiheit und das Glück der Gemeinschaft mit anderen. Und dennoch: Es war ihr Leben, das sich in einem sehr kleinen Radius abspielt, aber eben doch: erfüllt, nicht erschöpft. Es ist eine große Metapher, dass diese Frau nicht der Verzweiflung verfällt, nicht aufgibt. Gehört dazu nicht eine ungeheure Selbstbeherrschung? Spricht das nicht von großer emotionaler Stärke?

Gehen wir noch einmal zurück an den Schauplatz: Die Höhle ist das Sinnbild des Mütterlichen an sich: des Bergenden, Schützenden, Bewahrenden, begabt, die Fähigkeit zum Überleben zu verleihen. Frühe Kulturen haben den Mutterkult in unterirdischen Höhlen zelebriert, davon gibt es archäologische Spuren. Beispielsweise im Hypogäum auf der Mittelmeerinsel Malta, einer tief in die Erde hineinführenden Höhle, in der in archaischer Zeit die Große Muttergottheit verehrt wurde. Anna Seghers, die ein starkes Interesse an alten Kulturen hatte, wusste davon. Ihre Geschichten haben so oft eine sinnbildliche Ebene, die über die Oberfläche des Handlungsverlaufs weit hinausgeht.

Nach Toaliinas Flucht vom Schiff der spanischen Eroberer hatte ihr der Bruder des Häuptlings gesagt, sie sei nur in der Obhut einer Frau sicher, der Mutter seines Freundes, »dein Leben lang«. Die alte Frau, die das Mädchen dann in die Sicherheit bringt, geht ihren Weg in eine Felswand hinein so ruhig und sicher, als sei es der normalste Weg, den es gibt. Er führt jedoch in die Höhle, aus der Toaliina ihr Leben lang nicht mehr heraus kommen wird. Diese Alte verkörpert so etwas wie die Große Mutter, in deren Hände Toaliina ihr

Geschick legt: ohne zu fragen, ohne zu zweifeln, ohne Forderungen zu stellen. Es ist, als wisse sie genau, was gut für sie ist. Und beim Lesen der Geschichte zweifeln auch wir nicht. Ja, wir sind selber überzeugt, *ihre Flucht war geglückt.* Das Erzählen der Anna Seghers berührt im Leser eine Schicht, die empfänglich ist für Traumhaftes, Sagenhaftes. Das Unbewusste, dieses Wissen von ganz tief unten, spielt auch hier eine bedeutsame Rolle. Man kann nicht sagen, woher diese Sicherheit kommt – ist es uraltes kollektives Wissen, überliefert in Tausenden aufeinanderfolgender Generationen? Ist es das emotionale Zentrum unseres Gehirns, in dem Geahntes, Gefühltes die Gestalt von Faktischem annimmt? Wie auch immer: Die Literatur vermag genau auszudrücken, was der Einzelne oft nur vage empfindet, ohne es in Worte fassen zu können. Die Dichterin aber findet die Worte für uns alle.

Vaterlandsliebe

Bedenkt die erstaunliche Reihe der jungen, nach wenigen übermäßigen Anstrengungen ausgeschiedenen deutschen Schriftsteller. Keine Außenseiter und keine schwächlichen Klügler gehören in diese Reihe, sondern die Besten: Hölderlin, gestorben im Wahnsinn, Georg Büchner, gestorben durch Gehirnkrankheit im Exil, Karoline Günderode, gestorben durch Selbstmord, Kleist durch Selbstmord, Lenz und Bürger im Wahnsinn. […] Diese deutschen Dichter schrieben Hymnen auf ihr Land, an dessen gesellschaftlicher Mauer sie ihre Stirnen wundrieben. Sie liebten gleichwohl ihr Land. Sie wußten nicht, daß das, was an ihrem Land geliebt wird, ihre unaufhörlichen, einsamen, von den Zeitgenossen kaum gehörten Schläge gegen die Mauer waren.

Eine ganz erstaunliche Reihe von Schriftstellern, die Anna Seghers hier als Stimmen ihres deutschen Vaterlands aufruft: Hölderlin, Kleist, Büchner, Lenz … Es ist ihre Rede auf dem I. Internationalen Schriftstellerkongress zur Verteidigung der Kultur in Paris, Juni 1935. In diese Reihe würde auch der Name Heinrich Heines gehören, ihres Lieblingsdichter. Schon als Schülerin nannte Netty Reiling ihn, der wie sie vom Rhein herkommt, den ihr am nächsten stehenden unter den deutschen Dichtern. Heine, ebenfalls jüdischer Herkunft, ging später nach Frankreich ins politische Exil. Die Schülerin in Mainz konnte noch nicht wissen, dass dies auch einmal ihr eigenes Schicksal werden würde. Doch als sie im Frühjahr 1933 Deutschland verlassen musste, schenkte ihr der Vater Isidor Reiling, der wohlhabende Kunsthändler, einen originalen, handschriftlichen Brief von Heinrich Heine. Sie sollte ihn als eine Art Notgroschen mit ins Ausland nehmen und ihn in Paris verkaufen, wenn kein Geld mehr zum Leben da sein würde. Anna Seghers bewahrte diesen Brief sorgfältig auf. Solch ein Autograph ist unter Sammlern sehr wertvoll. Verkauft aber hat sie ihn nie. Dafür hing sie viel zu sehr an Heine. Und schließlich war es das letzte Geschenk ihres Vaters, ein Vermächtnis also, für sie daher unersetzbar. Der Brief ist eines der sehr persönlichen Lebenszeugnisse des Dichters, geschrieben am 27. Mai 1848 aus Paris an seine »liebe gute Mutter« Betty Heine nach Hamburg. Die Blätter der Handschrift wurden dann auf abenteuerlichen Wegen durchgeschmuggelt auf der Flucht durch Frankreich im Sommer 1940, als die Schriftstellerin mit ihren Kindern Peter und Ruth versuchte, über die Loire nach Süden zu gelangen, in die von den Deutschen noch unbesetzte Zone Frankreichs. Die Demarkationslinie war die Grenze, jenseits derer die Flüchtlinge zunächst in relativer Sicherheit waren. Doch keiner wusste damals, wie schnell die deutsche Wehrmacht vorankommen würde. Später, am Ende der Emigrationszeit in Mexiko, hat Anna Seghers den Heine-Brief wieder mit zurück nach Europa gebracht. Lange Zeit hing das Original im Arbeitszimmer der Adlershofer Wohnung. Sie hatte es vor Augen, wenn sie von ihrem Schreibtisch aufsah. Heute hängt, in der Anna-Seghers-Gedenkstätte, an gleicher Stelle eine Kopie des Briefes.

Anna Seghers reklamiert in ihrer Rede den Begriff des Vaterlands gerade für die emigrierten Deutschen, die vor den Nationalsozialisten fliehen mussten. Wie oft die Nazis den Begriff auch benutzen und beschmutzen, sie will dieses Vaterland nicht denen überlassen, die es vor der demokratischen Weltöffentlichkeit diffamiert haben. Dafür stehen ihr die Dichter deutscher Sprache ein.

Es gab einmal eine Zeit, da war es gleichbedeutend, so sagt sie, Patriot und Revolutionär zu sein, zum Beispiel für den Dichter Heinrich Heine. Und so soll es bleiben. Denn es gibt für sie nicht die Heimat schlechthin, die Heimaterde schlechthin. Auch ein Apfelbaum, für die Schriftstellerin so sehr der Inbegriff ihrer rheinhessischen Heimat, steht nicht an sich für das Vaterland. Es geht immer vor allem darum, wer sich mit dieser Erde und mit diesem Erbe identifiziert, wie und mit welchen Idealen er die Heimat verteidigt. Die von ihr genannte Reihe der Dichter repräsentiert gerade diejenigen, denen es das Vaterland immer schwer gemacht hat. Das herrschende Deutschland hatte mit ihnen oft nicht viel im Sinn.

Anna Seghers weiß: Der Vaterlandsbegriff kann auch verführen, kann missbraucht werden von den Mächtigen, die den Einzelnen, der sein Land liebt, für einen geplanten Krieg benutzen wollen. »Vielleicht«, so meint sie, »ist um keine Idee raffinierter und trivialer geschriftstellert worden als um die: Vaterland. Um keine wurde mehr Schultinte von Knaben verkleckst, mehr Blut von Männern vergossen.« Es seien verdächtige Ideen. Man muss genau hinsehen. Um so dünnhäutiger ist sie, wenn es in dieser Zeit, in der die Nazis in Deutschland immer mehr Erfolge für sich einheimsen, um die wirklichen Vaterlandsverteidiger geht. Die können auch außerhalb der Gesellschaft stehen, ja sie können auch außerhalb des Vaterlands leben – so wie sie, die Emigranten. Ihnen wurde ihr Recht, in der Heimat zu leben, Deutschland zu nützen, rigoros zerstört. Die Rede, die sie 1935 in Paris hält, inmitten der Vertreter vieler Nationen, Franzosen und Russen, Spanier und Engländer, Italiener und Polen, lässt spüren, wie sehr es ihr auf der Haut brennt, dass Deutschland nicht mit den Nationalsozialisten identifiziert werden möge. Auch die Schriftsteller des 20. Jahrhunderts, die, wie die Rednerin selber, zu den Emigrierten gehören, reiben sich die Stirnen wund an den gesellschaftlichen Mauern Hitlerdeutschlands. Sie schreiben gegen die Völkerhetze und den Rassenwahn an, gegen Dummheit und Betrug. Es sind wiederum die Besten: Heinrich Mann und Thomas

Mann, Bertolt Brecht und Lion Feuchtwanger, Arnold Zweig und Alfred Döblin, Else Lasker-Schüler, Joseph Roth und Stefan Zweig, Egon Erwin Kisch und so viele andere. Ihnen ist die Möglichkeit genommen, mit ihrer Literatur in Deutschland zu wirken und die deutschen Leser zu erreichen.

Die einzige Frau unter den Dichtern, die Anna Seghers in ihrer Rede nennt, ist Karoline von Günderrode (1780–1806). Kaum einer hatte sie, seit Bettine von Arnims Buch über sie, überhaupt mehr erwähnt. Dem verarmten adligen Stiftsfräulein von Günderrode wurde in es ihrer Zeit nicht zugestanden, eigene poetische Werke zu veröffentlichen. Vielen galt sie als zu gelehrt, nicht »weiblich« genug. Eine hochbegabte und -empfindsame, eine doppelt benachteiligte Dichterin. »Die Erde ist mir Heimat nicht geworden«, schrieb sie. Auch für die Günderrode wurde, wie für viele Seghersche Figuren, der Rhein zum Schicksalsort: In ihm sucht sie den Freitod. Später wird Anna Seghers ihre Schriftstellerfreundin Christa Wolf gerade auf diese Dichterin aufmerksam machen. Sie gibt ihre Liebe, ihr Verständnis der schwierigen Existenz einer Dichterin in der Zeit der Romantik an die Jüngere weiter. Christa Wolf nimmt die Vermutung, Heinrich von Kleist und Karoline von Günderrode könnten sich einmal begegnet sein, zum Anlass für ihre Erzählung »Kein Ort. Nirgends«: die Begegnung in Winkel am Rhein, »erwünschte Legende«. Sie beginnt mit den Sätzen: »Die arge Spur, in der die Zeit von uns wegläuft. – Vorgänger ihr, Blut im Schuh.« So zieht sich eine Linie zwischen Karoline von Günderrode und Anna Seghers, die auch im literarischen Bild aufgehoben bleibt.

Bettine von Arnim schreibt in ihrem Buch »Die Günderode«, das bittere Ende der Freundin im Blick, dennoch: Aber es wird ja schon wieder hell ..., und das trifft auch die Überzeugung der Anna Seghers.

Frauen und Kinder in der Emigration

Ihr aber, hier geborene, hier aufgewachsene Kinder, werdet ihr sicher dabei sein, wenn man an den Seen vor Berlin unsere eigenen Zeltstädte für unsere Kinder wieder aufschlägt, oder werdet ihr hier in diesem Volk, das euch seine Schulen geöffnet, seine Sprache gelehrt, seine Fahnen vorausgetragen hat, bald aus Gästen zu Einheimischen werden? […] Sind diese Kinder schwächliche Pflanzen, die in der fremden Erde kaum Wurzel fassen, geschweige denn wachsen können? Oder gleichen sie eher jenen zarten, doch zähen gefiederten Samenkörnern, mit denen der Wind zunächst macht, was er will, die aber dann, einmal gelandet, aus ihrer winzigen Erdkrume machen, was sie wollen?

Waren die meisten der zur Emigration aus Deutschland Gezwungenen auch Männer, so fragt Anna Seghers in ihrem Essay doch gerade dem Schicksal der Frauen und Kinder nach, denen, die nicht im Vordergrund der Aufmerksamkeit standen. Oft waren die Männer politische Funktionäre, Widerstandskämpfer, bekannte Wissenschaftler oder Künstler. Doch ohne die Fürsorge ihrer Frauen hätten viele von ihnen das Exil nicht überstanden.

Exil – das ist als Grunderfahrung ein Draußensein: aus der eigenen Kultur, aus der Muttersprache, aus der Heimatstadt, aus allem Vertrauten. Die Gefahr der Entwurzelung ist nie größer als auf der

Flucht und dem Dasein in der Fremde. Familie kann dabei ein Halt sein, ein Rahmen, der Gewohntes aufrecht erhält – sofern die Familien zusammenbleiben können.

Wenn die Notwendigkeit zur Emigration erst einmal unwiderruflich ist, schreibt die Autorin, dann wirkt die praktische weibliche Vernunft ganz entscheidend. »Schon suchen die Kinder das neue Land im deutschen Schulatlas. Was wiegt der Anteil der Frau bei diesem Entschluß? [...] Wirtschaftlich oder politisch – sobald die Last untragbar, sobald das Leben unlebbar, sobald der Entschluß unweigerlich ist, tritt die Frau ganz auf den Plan. Dieser Entschluß erweckt ihr ganzes Wesen, Teile ihres Wesens, die ein gewöhnliches, alltägliches Leben wahrscheinlich nie gezeigt hätte.« Sie spricht von der erstaunlichen Fähigkeit dieser Frauen, »furchtbare ungewöhnliche Augenblicke in das gewöhnliche Leben hineinzuzwingen«. In wie vielen Fällen haben die Frauen die Familien über Wasser gehalten, den Männern den Rücken gestärkt, ihren Mut befestigt; mit wie zärtlichen Gesten haben sie die Kinder getröstet, die herausgerissen wurden aus ihrer gewohnten Umgebung, in der sie vielleicht gerade erst zur Schule gekommen, die ersten selbständigen Schritte gegangen sind.

Auf der Brücke über den Rhein war es, wo es den Eltern von Anna Seghers, dem jüdischen Ehepaar Reiling aus Mainz, gelang, ihrer Tochter die eigenen Kinder aus Deutschland zu übergeben. Im Juni 1933 notiert Anna Seghers in »Sechs Tage, sechs Jahre. Tagebuchseiten« (zuerst veröffentlicht in der Zeitschrift »Europe«, Paris 1938): »Wir haben die Kinder von der Grenze abgeholt. Wie Verrückte haben sie sich in unsere Arme geworfen, dort verharrten sie dann unbeweglich. Völlige, unendliche Sicherheit bei diesen unsteten Wesen, ihren Eltern, die doch selbst zu den Obdachlosesten dieser Welt zählten, selbst von allen Stürmen hin- und hergeworfen wurden. Das mehrfarbige, karierte Kleid der Kleinen, der Geruch ihrer Haare machen mich verrückt vor Heimweh. Franz, unser Gast, beißt sich auf die Lippen, als wir die Hosentaschen des Kleinen leeren: ein paar trockene Grashalme, ein Pfennig, eine Fahrkarte, ein Tannenzapfen: ein halbes Deutschland.«

Die Dankbarkeit dem Exilland gegenüber, in dem man Zuflucht gefunden hat, Schutz und Rettung des Lebens, ist groß, die Aufgeschlossenheit gegenüber seiner Sprache und Kultur eine selbstverständliche. Es ist Frankreich, das Land der Revolution, das Land der Menschenrechte, das den Kindern der Emigranten *seine Schulen geöffnet, seine Sprache gelehrt, seine Fahnen vorausgetragen hat.* Und dennoch ist es für alle Betroffenen ein scharfer Schnitt, ein Abgeschnittensein von den eigenen Wurzeln. Es bleibt die Hoffnung, dass wenigstens den Kindern ihre Heimat nicht für immer verloren sein möge. Eines Tages möchten sie wohl doch wieder *an den Seen vor Berlin* mit ihren deutschen Spielgefährten unbeschwert spielen. Doch damals, als der Essay entstand, 1938 in Paris, wusste keiner der Emigranten, wie lange sich die Nazis an der Macht halten können. Hitler hat ein »tausendjähriges Reich« proklamiert, mit übersteigerten und hohltönenden Worten untermauert er seinen Größenwahn. Niemand konnte sicher sein, jemals das Ende der Barbarei zu erleben.

Aus vielen Beispielen emigrierter Künstler, Wissenschaftler weiß man, sie hätten ohne die riesige emotionale, moralische und durchaus auch physische Kraft der Frauen wohl nicht durchgehalten. In solchen Extremsituationen haben Frauen zuweilen stärker als die Männer der Verzweiflung widerstanden, haben ungeahnte Kraftreserven aus sich herausgeholt. *Weil* sie Kinder hatten, konnten sie nicht aufgeben. Irgendwie, so die einfache, erdverbundene Philosophie, musste das Leben am nächsten Tag weitergehen. Die Frauen konnten nicht lange überlegen, wie sie zu Rande kämen und wer ihnen vielleicht helfen würde. Die Kinder mussten zu essen haben, Kleidung und Wissen war ihnen so notwendig wie allen Kindern auf der Welt.

Im selben Jahr schreibt Anna Seghers einen kleinen Text, »Helene Weigel spielt in Paris«. Es geht darin um die Darstellung der Teresa Carrar in Bertolt Brechts Stück über den spanischen Bürgerkrieg »Die Gewehre der Frau Carrar« beim Gastspiel im Oktober 1937 – auch eine Mutter, die ihren Sohn behüten will vor Leid und Unglück und die dies mit Sturheit und Beharrlichkeit tut. Wunderbar erfasst die Schriftstellerin das Spiel ihrer Freundin, der Schauspielerin, im entscheidenden Satz: »Wie alle Mütter sträubt sie sich dagegen, daß Geborenes getötet werde.« Und Anna Seghers spricht davon, wie einem in einer schlaflosen Nacht oder auf einem vollen Platz in Paris plötzlich die unverwechselbare Stimme der Weigel ins Bewusstsein rufen kann, was das heißt: »Ich bin die Mutter, das ist mein Sohn.« Kunst und Leben verweisen aufeinander.

In der neuen Schule, unter den fremden Kindern, deren Sprache sie noch nicht verstehen, empfinden sich die Emigrantenkinder allein, ausgestoßen. Doch irgendwann erfahren sie vielleicht auch das gute Gefühl, wenn eines der Kinder auf dem Schulhof auf sie zukommt, sie einlädt, zu ihnen zu gehören. »Sieht er doch fremd und sonderbar aus, der andere, in seiner schwarzen Schulschürze«, heißt es am Ende von Anna Seghers' Essay, »schief auf dem Kopf die Baskenmütze. Doch aus dem blassen spitzen Gesicht, unter der auf die linke Braue gezogenen Mütze, in den schwarzen lebhaften Augen glänzt unverkennbar, während die Hand auf der Schulter etwas fester wird, das Licht der Solidarität. An dem finsteren Himmel der Welt, in die ihn seine Mutter hineingeboren hat, erkennt unser Sohn zum erstenmal diese Sterne.«

Im Moment, als Anna Seghers 1940 allein mit den Kindern erneut flüchten muss, wird ihr Sohn Peter mit einem Schlag erwachsen. Er ist ein Junge von 14, und er steht fortan der Mutter bei wie ein Mann. Er übernimmt die Rolle des Vaters. Pierre Radvanyi erzählt darüber in seinem Buch »Jenseits des Stroms. Erinnerungen an meine Mutter Anna Seghers« (2005). Er erinnert sich voller Liebe daran, was die Mutter in den schwierigsten, gefährdeten Zeiten für die Ihren getan hat. So ergibt sich eine doppelte Perspektive auf eine Zeit von Flucht und Exil: die der besorgten Mutter, die des betroffenen Kindes. Ruth Radvanyi in Berlin und Pierre Radvanyi in Paris, zu den letzten Zeitzeugen der Emigration gehörend, fügen in Interviews und Erinnerungen wichtige Details des Exillebens aus ihrer Sicht der Kinder dem hinzu, was ihrer Mutter, als sie über Frauen und Kinder in der Emigration nachdachte, symptomatisch erschien.

Glauben an Irdisches

Wenn die Fenster der Sainte-Chapelle ohne Störungen durch unsere Wachsamkeit beendet sind, wird das Märchen aus rotem und blauem Glas wieder aufglühen. Die Menschen werden wieder in diesen Wänden wie Kinder ihre Leiden und Sorgen auf Minuten vergessen in einer Geborgenheit, die keiner anderen gleicht, denn sie ist das Werk von Künstlern. Ein Wunder wird das zweite Jahrtausend beschließen: Glasfenster, vor denen die Kugeln weichen.

Im April 1947 machte Anna Seghers, aus Mexiko heimkehrend, auf dem Weg nach Berlin in Paris Station, um ihre beiden Kinder zu besuchen, die dort studierten. Pierre Radvanyi schreibt darüber in seinem Buch »Jenseits des Stroms. Erinnerungen an meine Mutter Anna Seghers«: Da »fand meine Mutter in Paris den Frühling wieder, in dieser Stadt, die sie so sehr liebte.« Den Frühling wiederzufinden, bedeutet auch, die Hoffnung wiederzufinden. Frühling als das Symbol des Wiedererwachens allen Lebens. Frühling und Paris müssen in ihrem Gefühl fest zusammengehört haben. War es nicht auch Frühling, als die aus dem faschistischen Berlin vertriebene Schriftstellerin 1933 ihre beiden Kinder wieder in die Arme schließen konnte und die gerettete Familie im Exilland Frankreich endgültig Fuß fasste? Nun, 14 Jahre später, war Hitler endlich geschlagen. Frankreich konnte zur Demokratie zurückkehren. Die Restaurierung der Sainte-Chapelle, der mittelalterlichen, von König Ludwig dem Heiligen erbauten gotischen Kirche im Herzen der französischen Hauptstadt, war fast abgeschlossen. Die wunderbare Rosette, das schönste der Kirchenfenster, ist am kompliziertesten einzusetzen und wird deshalb erst als letztes Teilstück vollendet werden. Bis dahin dringt noch immer das kalte, harte Tageslicht ins Innere. »Der Friede ist solange noch unwirklich.« Anna Seghers liebt die mittelalterlichen Kirchen, seit sie als Kind in Mainz von ihrem Vater oft in den Mainzer Dom mitgenommen wurde. Die Wiedererreinsetzung der kostbaren Glasfenster, die im Zweiten Weltkrieg ausgelagert werden mussten, ist für sie ein großartiges Hoffnungszeichen dafür, dass die Folgen des Krieges getilgt, die furchtbaren Wunden, die er gerissen hat, geheilt werden können. Diese Fenster, Wunder *aus blauem und rotem Glas*, sind uralt, sie wurden im 15. Jahrhundert geschaffen von Handwerkern aus Chartre, dem Zentrum der Glasfensterkunst. Dort in der gotischen Kathedrale sind die berühmtesten Kirchenfenster Frankreichs zu sehen, Höhepunkte der europäischen Kunst.

1940 waren die Deutschen in Paris einmarschiert, was bis dahin unvorstellbar war. Pierre Radvanyi beschreibt in einem Filminterview, wie nach dem Einfall der Hitlertruppen alle Franzosen und die Emigranten glaubten, es würde so werden wie im Ersten Weltkrieg. Damals waren die deutschen Truppen bis zur Marne vorangekommen, aber dann war Schluss. Die französische Armee versperrte ihnen den Weg und hielt sie auf. Die Hauptstadt war tabu – sie wurde geschützt als der heiligste Besitz der Franzosen. Paris würde niemals besetzt werden. Das war diesmal plötzlich anders. Was jedermann für undenkbar hielt, geschah: Die Deutschen standen in Paris. Hitler nahm auf den Champs-Élysées die Truppenparade ab. Ein fürchterlicher Anblick für alle, die Frankreich liebten. Anna Seghers muss erstarrt gewesen sein in abgrundtiefem Schrecken. Nun hatten die Nationalsozialisten sie eingeholt.

In ihrem Gedächtnis hat sich ein »widerwärtiger Tag« eingegraben, als sie im Krieg noch einmal die fensterlose, wie erblindet wirkende Sainte-Chapelle betraten: »Ein schonungsloses, gemeines Licht fiel unverfroren durch das Gerippe aus Stein. Was einen früher umgeben hatte, war plötzlich vergangen: der Zauber aus blauem und rotem Licht, das Märchen der westeuropäischen Christenheit.« Umso glücklicher muss sie bei der Rückkehr nach Paris sein, als sie wahrnimmt, wie nun auch die wundervollen alten Kirchenfester zurückkehren an ihren angestammten Platz.

Geschrieben im August 1948, notiert die Autorin für die Drucklegung: »Dieser Artikel ist den polnischen und französischen Freunden gewidmet, die den Wrocławer Kongreß der Intellektuellen für den Frieden einberufen haben.« An diesem Treffen von fortschrittlichen Künstlern und Wissenschaftlern aus vielen Ländern Europas hat sie mit großem Engagement teilgenommen, es war ein Teil ihrer Arbeit in der Weltfriedensbewegung der 40er, 50er Jahre.

In ihrem Essay verbindet sie ihre Vision von Paris 1947 mit dem Gastgeberland des Kongresses, die Arbeiter auf den Gerüsten an der Sainte-Chapelle mit dem geschundenen Polen: »Und Warschau, schwarz wie die Hölle, das Gegenteil des gläsernen Wunders, erschien ihnen als ein Symbol des Schreckens, den ihre Kinder nie mehr erleben sollten.« Fast wirkt es, als würden die Fensterarbeiter ihr Werk ganz besonders für die Menschen in Polen vollbringen, für die Stadt Warschau, die Hitler bis zur Unkenntlichkeit hatte niederbrennen lassen. Wenig später gehört Anna Seghers dem Vorbereitungskomitee für den Weltfriedenskongress an, der im Frühjahr 1949 in Paris stattfindet. Sein Vorsitzender, Frédéric Joliot-Curie, betreut zusammen mit seiner Frau Irène, der Tochter von Marie Curie, die wissenschaftliche Entwicklung ihres Sohnes Pierre Radvanyi.

Es ist kein Zufall, dass sich die Autorin als Titel ihrer Rede eine Verszeile ihres Freundes Pablo Neruda auswählt. Auf diese Weise schließt die Erinnerung an dieses Gedicht, das dem gemarterten

Volk von Spanien und seinen kämpferischen Helfern aus so vielen Ländern gewidmet ist, die Städte Madrid, Warschau und Paris in einem großen Bogen der Hoffnung zusammen – der Hoffnung darauf, dass das kommende Jahrhundert all diese Schrecken nicht mehr kennen möge, die die Völker des vergangenen ausgestanden haben.

Pablo Neruda spricht in dem Gedicht »Ankunft der Internationalen Brigaden in Madrid« aus dem Zyklus »Spanien im Herzen« (1936–1945) vom Wiedererwecken des Glaubens an das Irdische – eine wunderschöne Metapher für ein Grundvertrauen in die Zukunft der Menschen. »Mögen die Sterne selbst und alle Ähren Kastiliens und die Welt/ Euren Namen bewahren, [...]/ Weil ihr den verlorenen Glauben durch eure Opfer/ Wiedererweckt habt in den flüchtigen Seelen,/ Das Vertrauen in das Irdische.« Diese Übertragung des Gedichts von Neruda ins Deutsche stammt von Anna Seghers selbst, man kann sie nachlesen in den blauen Essay-Bänden »Über Kunstwerk und Wirklichkeit«. Als Pablo Neruda selber der solidarischen Hilfe bedarf, in einer Zeit, da er als Kommunist geächtet wurde, erhebt die Dichterin ihre Stimme für den chilenischen Freund, und sie schreibt dazu in ihrem Essay »Für Pablo Neruda« von 1953: Als in Madrid die Internationalen Brigaden gebildet wurden und »in einem traurigen Monat der Belagerung und des Unglücks« deutsche Antifaschisten die Stadt durchzogen, fand das Gefühl des Dichters und ihrer aller Hoffnung Ausdruck in den Worten jenes Gedichts. Hier zitiert sie aus den Neruda-Versen bereits mit den Worten »Glauben an das Irdische«. In der späteren deutschen Nachdichtung von Stephan Hermlin heißt es dann sinngemäß: »Denn durch euer Opfer wurde wiedergeboren/ der verlorene Glaube, die Seele abwesend, die irdische/ Zuversicht«.

Neruda war damals, Mitte der dreißiger Jahre, Konsul Chiles in Madrid, Anna Seghers und er sind sich dort und später auch in Paris begegnet. Am II. Internationalen Kongress zur Verteidigung der Kultur in Madrid nahmen sie gemeinsam teil. Während des spanischen Bürgerkrieges, schreibt sie einmal, war das Chilenische Konsulat eines der wenigen Häuser, das im bombardierten Madrid gefährdeten Besuchern »so offen stand wie ein gastfreundliches Haus in gewöhnlichen Zeiten«. Das war etwas Überlebenswichtiges.

Den Glauben an das Irdische zu befestigen, heißt auch, nicht auf Göttliches zu warten. Nicht ein Gott wird Hilfe schicken, sondern die Menschen können sich nur selber retten. Es ist zugleich der Glauben an die Schönheit der Welt und des Lebens, das Urvertrauen in die Unvergänglichkeit alles Lebendigen. Die Erde und alles Irdische als Heimat der Menschheit.

Die Schriftstellerin glaubt an *Wunder*, das spürt man in vielen ihrer schönsten Texte. Und sie *sieht* die Wunder der Welt. Sie selbst erzählt immer wieder davon in Sagen und Legenden, in der Begegnung von Dichtern, die sich nie begegnet sein können, aber auch in Gegenwartstexten wie dem Wunder mit dem Schilfrohr. Vielleicht meint sie sogar, nur durch solche Wunder sei die Welt zu erhalten und die Gefahr zu bestehen, die immer wieder das Leben bedroht.

Jason und das Mädchen aus Mainz
Eine Erinnerung

Alle Welt ist bei Anna Seghers gleichzeitig auch mythische Welt.
Hans Mayer

Jason war über das Meer gekommen, um an seinen Ursprung zurückzukehren. Dort war er ein Fremder geworden. Man kannte ihn – und kannte ihn nicht. Seit Menschengedenken lebte er in der Ferne, gezwungen, die Heimat zu verlassen, aber stets in der Hoffnung, einmal doch heimkehren zu können. Das haben die Helden und die Dichter gemeinsam.

Als Anna Seghers zurückkehrt, stoßen zwei Empfindungen aufeinander: ihre unbändige Sehnsucht nach Deutschland – und das Vergessensein im eignen Land. Sie braucht die deutsche Sprache, um leben und schreiben zu können. Anna Seghers trifft, nach 14jährigem Exil, im Frühjahr 1947 wieder in Berlin ein. Sie kommt mit dem Schiff aus Mexiko heim. Kaum einer kennt sie noch in der alten Heimat. So ergeht es auch dem sagenhaften Jason in ihrer Erzählung »Das Argonautenschiff«: »Das Sonderbarste an seiner Erscheinung war: Obwohl er ihnen bestürzend fremd vorkam, hatte doch jeder bei seinem Anblick das Gefühl, schon einmal irgendwo auf ihn gestoßen zu sein, und sei es auch vor langem gewesen, vielleicht als Kind, vielleicht nur auf einen Augenblick.«

Natürlich wussten einige Leser in Deutschland noch, dass es die Schriftstellerin Anna Seghers gegeben hatte. Aber ihr Name, ihr Gesicht, ihr Werk, inzwischen in vielen Ländern bekannt, war undeutlich geworden. Dazu ist die dazwischen liegende Zeit, die unendlich erscheinende Epoche eines zerfallenen »Tausendjährigen Reichs«, zu lang gewesen. Vielen muss es so vorkommen, als seien Generationen und Generationen hindurchgegangen, seit die kommunistischen und jüdischen Intellektuellen aus dem Land getrieben worden waren.

In ersten Briefen im Sommer 1947 aus der Stadt, in die sie zurückkehrte, schreibt Anna Seghers vom Empfinden, eine Fremde im eigenen Land zu sein: »Wenn ich einen Augenblick zu mir selbst komme, habe ich so ein Dornröschengefühl: ich hätte alle vergessen und alle hätten mich vergessen.« Einer der ersten Texte, den sie nach ihrer Rückkehr schreibt, ist eine Adaption der antiken griechischen Sage von Jason und dem Raub des Goldenen Vlieses. Sie entsteht parallel zu ihren praktischen, alltäglichen Anstrengungen, wieder heimisch zu werden unter den Deutschen.

»Das Argonautenschiff« ist auch die Geschichte ihrer eigenen Heimkehr. Ihre Jason-Figur spiegelt eigene Erfahrungen. Wieder in Berlin, schreibt sich Anna Seghers ihre Verunsicherungen, ihre Ängste und Erinnerungen von der Seele. Wie die Leute in der Kneipe mit Erstaunen feststellen, spricht Jason »nicht nur in derselben Sprache, sondern in der Mundart der Stadt«, also genau so wie sie selber. »Der Fremde« muss wohl doch, auf zunächst verborgene Weise, einer von ihnen sein. Übrigens hat Anna Seghers bis ins hohe Alter den Tonfall ihrer rheinhessischen Heimat beibehalten.

Nicht nur einmal hat die Schriftstellerin ihre ureigensten Erfahrungen, das, was sie am stärksten aufwühlt oder begeistert, in ihrer Literatur auf männliche Figuren übertragen. Es gibt in ihrem Erzählen von Anfang an einen bestimmten Figurentypus, der, wagemutig und tatendurstig, Inkarnation der Seghersschen Weltwahrnehmung ist. Immer sind es ungewöhnliche, verwegene, besondere, manchmal absonderliche Gestalten. Dazu gehört jener geheimnisvolle Pfarrer auf der Insel Djal aus einem ihrer frühesten künstlerischen Texte, der legendenhaften Erzählung »Die Toten auf der Insel Djal«; dazu gehört Hull, der die Fischer von St. Barbara zum Aufstand aufstachelt; aber auch der Woytschuk aus den »Bauern von Hruschowo«, der tapfere Koloman Wallisch aus dem Roman »Der Weg durch den Februar« oder der junge, eigenbrötlerische Räuber aus den »Schönsten Sagen vom Räuber Woynok«. Es war die Freundin Christa Wolf, die einst, über diese Männerfiguren bei Anna Seghers nachdenkend, schrieb: »Ihre älteste irdische Verkörperung aber scheint der sagenhafte Jason aus dem ›Argonautenschiff‹ zu sein: Gelassen, kühn, frei sind sie, ungerührt durch die Schicksale, die sie heraufbeschwören. Unbeschwert von irdischen Bindungen. Kühl. Nüchtern. Allein. Zum Abenteuer bereit. Gebrannt von der Gier nach Leben: ein Grundtyp, den die Seghers aus archaischen Zeitaltern in die Industriegesellschaft unseres Jahrhunderts herüberholt und der sich in dieser ihm merkwürdig fremden Umwelt auf diejenige Seite schlägt, die ihm Möglichkeit zu leben verspricht.« Dieses Bild, *gebrannt von der Gier nach Leben*, scheint mir etwas ganz Charakteristisches zu treffen. Wie in der Schluss-Sequenz der Erzählung ersichtlich wird, ist es die Gier nach Leben, die Jason dem Tod ins Auge sehen lässt.

Das Meer ist für Jason – ebenso wie für Anna Seghers – das Sinnbild der großen Möglichkeiten im Leben: der Rettung nach Übersee und der endlichen Heimkehr bzw. der Chance, mit dem bestandenen Abenteuer sich den ihm zustehenden Platz im Leben zu erobern, Dauer und Beständigkeit. Denn auch Jason ist ein Vertriebener, wie es die Sage überliefert: Sein Onkel hatte den eigenen Bruder vom Thron gestoßen und ermordet, er hat seinem Neffen das Erbe streitig gemacht und ihm damit das Heimatrecht genommen. Dann hat er ihn in die Fremde geschickt.

So war auch Anna Seghers vertrieben worden. Für die Schriftstellerin ist die Flucht aus dem von den Deutschen besetzten Frankreich nach Übersee längst nicht die erste Begegnung mit dem Meer. Das Mädchen Netty war mit seinen Eltern bereits in der Zeit vor dem Ersten Weltkrieg ans Meer gereist. Und schon bei der ganz jungen Erzählerin, die Geschichten wie »Die Toten auf der Insel Djal« oder »Aufstand der Fischer von St. Barbara« schreibt, spielt das Meer eine Hauptrolle in ihrer Prosa. Das Meer als Inbegriff der Freiheit, der unbändigen und nicht zu zügelnden Sehnsucht nach Weite und Größe, nach dem Unbegrenzten. Auch Georg Heisler, die Hauptfigur aus ihrem großen Roman »Das siebte Kreuz«, entkommt seinen Verfolgern am Ende auf einem Schiff, das den Rhein abwärts zum Meer fährt, dort erst wird er wirklich in Sicherheit sein. Er ist auf der Flucht vor derselben Macht, die auch die Schriftstellerin Anna Seghers verfolgt.

Noch in ihrem letzten Buch, dem Zyklus »Drei Frauen aus Haiti« (1980), ist das Meer zugleich realer Handlungsort und Metapher der Hoffnung. Darin endet die Erzählung »Das Versteck« mit der großen, auch ein wenig zweideutigen Aussage: »Sie wußte, ihre Flucht war geglückt.« Toaliina, als junges Mädchen von den spanischen Konquistadoren geraubt, um als Beute an den Königshof nach Madrid verschleppt zu werden, springt tollkühn und todesmutig ins Meer – und wird tatsächlich an Land getrieben: Das Meer als Verbündeter derjenigen, die die gerechte Sache verkörpern. Es ist ein Sinnbild der Gewissheit, dass man doch erreichen kann, was man ganz fest, mit aller Kraft erstrebt. Zwar muss die Frau sich verbergen, um den Häschern nicht in die Hände zu fallen. Doch sie kann die nackte Existenz und die ihrer Kinder erhalten. Zuletzt, nach einem Leben im Höhlenversteck, kann nur das Meer die Rettung bringen. Es ist eine Erlösungshoffnung. Toaliina »fühlte bei aller Gefahr, daß das Meer ihr half, mit dem sie von klein auf vertraut war.« Dem Meer kann sie vertrauen, sich anvertrauen. Für sie ist es kein feindliches Element, sondern, im Gegenteil, die Bedingung ihres Überlebens. Anna Seghers hat dieser Geschichte ihr eigenes Verhältnis zum Meer eingeschrieben.

Jason im »Argonautenschiff« durchläuft in mehreren Stationen den Zeitraum einer Nacht und eines Tages, die Erzählung beginnt abends bzw. nachts in einer Schenke und endet mit dem nächsten Sonnenuntergang. Er ist, wie könnte es anders sein, mit dem Schiff gekommen, im Hafen gelandet, und nun will er seine alte Stadt wiedersehen. »Die Stadt war zwar zusammengeschossen. Man hat aber doch in den Trümmern irgendwo etwas trinken müssen.« So ist es überall und nach jedem Krieg: Die Menschen leben in den Trümmern, und das Erste, was man wieder einrichtet, sind die Schenken, die Kneipen, die Orte, an denen man zusammenkommen, etwas essen und trinken, vor allem aber beieinander sein kann – das Leben muss trotz allem weitergehen.

Jasons erster Ort, den er in der zerschossenen Stadt betritt, ist das Gasthaus. Ganz ähnlich wird es bei Anna Seghers: Ihr erstes Unterkommen findet sie in einem Flügel des zerstörten Hotels »Adlon«, das, einst weit bekannt in der Welt, ein Sinnbild des glanzvollen Berlin darstellte. Nun liegt es in Trümmern, und nur ein unversehrter Gebäudeteil erinnert an früheren Glanz – einem Haus nur vage noch ähnlich, eher eine Höhle wie die Jasons: »Die Kneipe lag wie eine Höhle in einer der vielen Gassen, die sich um die Berge herum bis zum Meer schlängelten. Sie war auch wie eine Höhle mit Waffen und goldenem Gefunkel ausgefüllt«.

Jason und die Dichterin – beide sind sie eingehüllt in die Aura des Außergewöhnlichen, Glänzenden, in die Aura des Ruhms. Jason trägt das Goldene Vlies, dessen Schimmer man schon weitem wahrnehmen kann. Von ihm geht das Sagenhafte aus, »wie es das Volk seit langem in Märchen und Liedern erzählte«. Es ist ein Strahlen, das auch Neid hervorrufen kann. Dieses Vlies macht ihn unverwundbar, unverletzbar, es schützt vor den Unbilden der Zeit und des Bösen. Er trägt das Vlies auf den Schultern wie eine zweite Haut. Und zugleich wirkt es wie eine glänzende Uniform, die ihn aus der Masse der Menschen heraushebt: Er ist der Andere, der Besondere. Sie, Anna Seghers, kehrt mit dem Nimbus der Bestsellerautorin zurück. Der Erfolg des Romans »Das siebte Kreuz«, inzwischen in mehreren Ländern und Sprachen verbreitet, eilt ihr voraus. Ein Welterfolg, wie er nur wenigen glückt, errungen in den USA, dem Land hinter dem Meer.

Jason, der Seefahrer, war in seiner Jugend aufgebrochen, nicht ganz freiwillig, das Abenteuer im fremden Land auf sich nehmend, die Suche nach dem Goldenen Vlies. Inzwischen hat er so viel erlebt, immer wieder, immer von neuem, dass er abstumpft. Seitdem das Vlies in seinem Besitz ist, altert er nicht mehr, ist dem normalen Lauf des menschlichen Lebenszyklus nicht mehr unterworfen. Es scheint ihm, als habe er alles, was ihm begegnet, schon tausendfach erlebt. Eine Wiederholung des immer Gleichen. Nun lebt er nur noch darin, was er in anderen Menschen bewirkt. So trifft er, in drei Begegnungen sonderbarer Art, das junge Mädchen, den sehnsuchtsvollen Knaben, die junge, unglückliche Mutter. In dem hübschen Mädchen erweckt er das Liebesbegehren. Den Knaben ermutigt er, aus seiner wohlhabenden Familie mit dem missgünstigen Onkel fortzulaufen und zur See zu fahren. Die junge Ehefrau motiviert er, ihren bösen, ungeliebten Mann zu verlassen und mit ihrem Kind ein neues Leben anzufangen. Sie alle lassen ihn im Grunde kalt. Aber dadurch, dass er sie in ihr Schicksal stößt, handelt er doch wenigstens. Er bewirkt etwas in ihnen oder für sie. Er ist in der Geschichte dazu da, diese Menschen den ihnen vorbestimmten, eigenen Weg erkennen zu lassen. Er selber weist das Alltägliche, Banale und Flüchtige von sich – was er sucht, ist indessen die wirkliche, körperliche Ankunft in der wiedergefundenen Heimat. Bisher geht er durch alles hindurch, unbeeindruckt und unbetroffen, ohne dass irgend etwas ihn zu berühren vermag.

Um endgültig und wahrhaftig in der Heimat anzukommen, muss Jason seine glänzende Aura, sein Goldenes Vlies ablegen. Er muss mit dem Körper die Heimaterde berühren, sie ganz spüren mit nackter Haut – so will auch die Dichterin den Ruhm wieder abtun, um sich ganz einzulassen auf das Neue, das Notwendige, das Einfache des Nachkriegslebens: Sie schreibt Prosaskizzen, etwa »Passagiere der Luftbrücke«, die »Friedensgeschichten« und andere kleinere Texte von aktuellem Gebrauchswert. Sie fängt wieder von vorn an.

Am Schluss der Erzählung, als Jasons Gang durch den Tag sich seinem Ende nähert, überfällt ihn die Erinnerung an Weitzurückliegendes – so wie es immer ist, wenn ein Leben zu Ende geht. Im Angesicht des Todes, so überliefert die Menschheitsgeschichte seit je, überkommt den fühlenden Menschen die Erinnerung an Kindheit und Jugend, an die Geborgenheit bei der Mutter. In diesem Moment erinnert er sich dieser Einen: »Meine Mutter, so dachte er, hat damals geweint. Sie hat darauf gedrungen, mit mir zum Orakel zu fahren«. Die Mutter, wie alle Mütter, hat Angst um ihren Sohn, sie will ihn nicht verlieren, nicht kampflos aufgeben. Und während sich Jason dieser Erinnerung überlässt, wird sein Gesicht – alterslos und ohne Regungen bisher – plötzlich wieder jung, so menschlich wie nur in seiner echten Jugend, ohne die Verkrustungen der zahllosen Jahre dazwischen. Vorher, noch bei der Begegnung mit dem jungen Mädchen, das ihn zu lieben bereit ist, bleibt er kalt, wie erloschen, gelangweilt geradezu von der so häufigen Wiederkehr des Erlebten. Alles das ist für ihn ein *déjà vu*. Erst als er sich die Erinnerung an die Mutter gestattet, wird er wieder einem Menschen ähnlich. Dann erst ist er bereit, seinem Schiff, der Argo, wirklich *zu begegnen*. Um das zu können, muss er sich nämlich auch der Frau erinnern, mit der und um deretwillen er all die Abenteuer seines früheren Lebens bestanden hatte: Medea. »Sie glich einer schwarzen Blume, sie glich nichts, was er jemals gesehen hatte, sie glich nichts, worauf er jemals in Träumen verfallen war.«

Der weitere Verlauf der Handlung, in der antiken Sage überliefert, das Leben Jasons mit Medea und ihren Kindern, wird bei Anna Seghers weitgehend ausgespart. Im »Argonautenschiff« sieht man eher einen Jason, der der Frau überdrüssig geworden war, der sie los sein wollte. Dankbarkeit Medea gegenüber liegt ihm fern, und auch die Mutter hatte er in dieser unendlich langen Zeit fast vergessen. Nun aber, unter seinem Schiff Argo liegend, mit Haut und Haar der Heimaterde verbunden, wird ihm mit einem Schlage bewusst, was er so lange verdrängt hatte: »So viele Opfer, wie ihm diese beiden Frauen gebracht hatten, waren unwiederholbar, unwiederbringlich. Das übrige ließ sich aufholen, das hatte er längst verstanden.« In diesem Moment kommt auch Jason an den Punkt, dass er begreift, welche ungeheure Leistung an Liebe und Beistand die Frauen den Männern im Leben darbringen. Das ist natürlich die Erfahrung der Autorin aus der Zeit des Exils. In ihrem Essay »Frauen und Kinder in der Emigration«, der 1938 in Paris entstanden ist, spricht sie darüber, wie stark es gerade die Frauen waren, die in den unruhevollen Zeiten des Umhergetriebenseins, der Flucht und des Ankommens in fremden Ländern, ihren Männer und Kindern das Überleben möglich gemacht haben. Ohne ihre praktische weibliche Vernunft, ihren Mut und ihre alltägliche Kraft, nicht aufzugeben, jeden Tag wieder dafür zu sorgen, dass das Leben weitergeht, hätten viele der aus der Heimat Verjagten den Lebensmut verloren. Vielfach waren es die Männer, so hat es auch Anna Seghers erlebt, die, wenn ihnen der Boden unter den Füßen wegzubrechen drohte, die Hoffnung verloren und aufgegeben haben, ja sich gar das Leben genommen haben. In Frauen aber, zumal wenn sie für Kinder zu sorgen haben, erwacht gerade in solchen Gefahrensituationen das untrügliche Gefühl, jetzt komme es besonders auf sie an, auf ihr Organisationstalent, den Ihren etwas zu essen, einen Platz zum Schlafen zu besorgen, ihnen mit einfachen und doch so notwendigen Dingen die Zuversicht zu erhalten, die zum Weiterleben unerlässlich ist. Und so haben in den Fluchtjahren immer wieder Frauen ihren Männern den Rücken gestärkt, ihnen Halt und Geborgenheit vermittelt; ihnen, wenn sie am Verzagen waren, Wärme und Verlässlichkeit gegeben, haben sie – in einem ganz bildlichen Sinne – durch das Exil getragen. Im Essay heißt es: »Wirtschaftlich oder politisch – sobald die Last untragbar, sobald das Leben unlebbar, sobald der Entschluß unweigerlich ist, tritt die Frau ganz auf den Plan. Dieser Entschluß erweckt ihr ganzes Wesen, Teile ihres Wesens, die ein gewöhnliches, alltägliches Leben wahrscheinlich nie gezeigt hätte.« Sie bezeugt die erstaunliche Fähigkeit dieser Frauen, »furchtbare ungewöhnliche Augenblicke in das gewöhnliche Leben hineinzuzwingen«. Ein Stück davon schwingt auch in der Erinnerung des Jason an Medea mit. Denn auch für Jason waren die Jahre in der Fremde eine Art Exil.

Anna Seghers hat, noch in Mexiko, eine ihrer schönsten Erzählungen geschrieben, »Der Ausflug der toten Mädchen« (1943/44), die einzige wirklich autobiografische Geschichte. Darin erzählt sie vom eigenen Leben, von ihrem Heimweh, ihren Verletzungen, vor allem aber vom Verlust der Mutter. Hedwig Reiling, so erfuhr die Tochter in Mexiko, wurde 1943 von Mainz in ein deutsches KZ nach Polen deportiert und dort umgebracht. Dieser furchtbaren Nachricht vorausgegangen war ein ebenso schlimmes Ereignis, der fast tödliche Verkehrsunfall der Seghers. Beides, in der Wucht der gemeinsamen Wirkkraft, löst einen Schock in ihr aus. Es bildet eine so tiefe Zäsur, dass die Schriftstellerin sich dem nur schreibend entgegenstemmen kann. Um sich der verlorenen Heimat und der verlorenen Mutter trotz alledem zu versichern, muss sie darüber sprechen. »Denn abgeschlossen ist, was erzählt wird«, heißt es in ihrem Exilroman »Transit«. »Erst dann hat er diese Wüste für immer durchquert, wenn er seine Fahrt erzählt hat.« Das gilt für den Fremdenlegionär in »Transit« wie für die Autorin selbst. Solange es nicht aufgeschrieben ist, wirkt es als Unruhe latent im Inneren fort. Überwinden im Erzählen, das ist die einzige Art, wie sich die Schriftstellerin befreien kann vom unerträglichen Druck des Leids.

Für Anna Seghers wie für ihre Figur des Jason ist es ein *Augenblick der Todesbegegnung*. Sie selbst hatte gerade »Wochen schwerer Krankheit« hinter sich, und die schweren Verletzungen durch den

Autounfall hatten ihr das Gedächtnis geraubt, hatten alles gelöscht, was ihre Individualität ausmachte. Bei Jason ist es der Moment der nahen Todesgefahr: Er liegt unter dem Schiffswrack der Argo, die in den Seilen am Baum ächzt und stöhnt durch den immer gewaltsamer aufziehenden Sturm. Es hängt nur noch lose mit Stricken an dem Baum, der es so viele Jahre lang gestützt hat. Jason weiß, alles kann jederzeit über ihm zusammenstürzen. Eine existentielle Situation, wie sie die Remigranten, aus Nazideutschland gewaltsam vertrieben, alle empfunden haben müssen: Kann die Situation halten? Kann man einfach so zurückkehren und dort weitermachen, wo man 1933 gezwungen wurde, abzubrechen und zu fliehen? Wird nicht alles über ihnen zusammenbrechen?

Der »Ausflug der toten Mädchen«, jener Schulausflug der Mädchenklasse mit dem Dampfer auf dem Rhein, gibt der Schriftstellerin die Möglichkeit, die Mutter in der Erinnerung festzuhalten, ihr zu danken für diese Kindheit der Fürsorge, der Liebe – einen Dank zu entrichten, den sie so von Herzen in der Wirklichkeit, als noch Zeit gewesen wäre, vielleicht nie ausgesprochen hat. Aber die Mutter ist nicht mehr erreichbar – nicht in der Wirklichkeit und nicht in der erzählten Situation: Das Mädchen, das vom Dampferausflug heimkommt, den Weg zum Vaterhaus geht und die Mutter oben auf dem Balkon schon auf sie warten sieht, steigt dann das Treppenhaus hinan, freut sich auf das Abendessen, das die Mutter bereitet – und schafft es nicht mehr, die letzte Treppe zu nehmen, den letzten Abstand zur Mutter zu überwinden. »Man klapperte schon mit den Tellern zum Abendessen. Ich hörte hinter sämtlichen Türen das Klatschen von Händen auf Teig in vertrautem Rhythmus, daß man auf dies Art Pfannkuchen buk, befremdete mich«, denkt die Ich-Erzählerin noch. Doch da versagen ihre Kräfte. »Ich wollte mich umsehen, doch blendete mich zuerst das überaus starke Licht aus den Hoffenstern. Die Stufen waren verschwommen von Dunst, das Treppenhaus weitete sich überall in einer unbezwingbaren Tiefe wie ein Abgrund.« Es ist, als sei sie gelähmt – das letzte Stück des Weges ist nicht mehr zu bewältigen. »Ich dachte noch schwach: Wie schade, ich hätte mich gar zu gern von der Mutter umarmen lassen.« Hier ist der Bezug der Erzählung zur unbarmherzigen Realität nur allzu deutlich: Das Visum für Mexiko, mit dem Anna Seghers versucht hatte, die Mutter noch rechtzeitig aus Deutschland herauszuholen, ist nicht mehr angekommen. Dieser Umstand bleibt ein Trauma für die Tochter, versagt zu haben bei ihrer Rettung. Über diesen Abgrund von unbezwingbarer Tiefe wird sie nie mehr gelangen können. Sie weiß es jetzt: Die Mutter wurde von den Nazis in ein KZ verschleppt und ermordet. »Wenn ich zu müd bin, hinaufzusteigen, wo nehme ich da die Kräfte her …« – weiterzuleben, könnte es heißen. In einem Gedicht von Pablo Neruda über die Exilanten heißt es: »Es gibt Schmerzen von toter Heimat/ die aus der Tiefe steigen,/ von den Füßen und den Wurzeln,/ und plötzlich erstickt der Mensch«. Neruda, der wie Anna Seghers das Exilschicksal am eigenen Leibe erfuhr, das Umhergetriebensein und die Gefahr der Entwurzelung, kann in seinen Versen ihrer aller Erfahrung bannen.

Doch nun ist die Ich-Erzählerin in ihre Gegenwart in einem mexikanischen Dorf zurückgekehrt, in dem sie sich zur Erholung von den Strapazen des Unfalls aufhält. Sie selbst hat zwar überlebt – den Unfall ebenso wie den Holocaust –, doch die Mutter wird sie nicht mehr wiederfinden. Noch ganz am Ende ihres Lebens ist dieser brennende Wunsch in ihr virulent, nach Hause zurückzukehren, zur Mutter, zu den Eltern. Pierre Radvanyi schreibt in seinem Buch »Jenseits des Stroms. Erinnerungen an meine Mutter Anna Seghers«: »Als ich sie verließ, um nach Paris zurückzukehren, sagte sie zu mir: ›Nimm mich mit!‹ Damit meinte sie wohl, daß ich sie heim zu ihren Eltern bringen sollte.« Der Sohn spürt, dass ihr da nur noch wenige Kräfte blieben …

In beiden Erzählungen spielt ein Torbogen eine ganz besondere Rolle. Er löst die Erinnerung aus, beinahe so wie der Geschmack der in den Tee getauchten Madeleine in Marcel Prousts »Auf der Suche nach der verlorenen Zeit«. Im »Ausflug der toten Mädchen« erkennt die Ich-Erzählerin in dem mexikanischen Dorf unterhalb der Bergkuppen, kahl und ausgeglüht von der Sonne, ein Rancho, umgeben von einer weißen Mauer. Während sie, angezogen von der eigenen Neugier, darauf zugeht, verändert sich das Atmosphärische der Landschaft: »Es schimmerte grün hinter der langen weißen Mauer. Wahrscheinlich gab es einen Brunnen oder einen abgeleiteten Bach, der das Rancho mehr bewässerte als das Dorf«, versucht sie sich selbst eine Erklärung zu geben. Alles scheint uralt zu sein, wie vor Zeiten verlassen. »Das Gitterwerk war, längst überflüssig und morsch, aus dem Toreingang gebrochen. Doch gab es im Torbogen noch die Reste eines von unzähligen Regenzeiten verwaschenen Wappens. Die Reste des Wappens kamen mir bekannt vor […]. Ich trat in das leere Tor.« Fast identisch die Szene im »Argonautenschiff«, wenn Jason auf seinem Gang durch die Hügel dem Knaben begegnet. Der, ein Junge, wie Jason selber einst gewesen, steht vor dem alten, herrschaftlichen Landhaus seiner Familie: »Jason erkannte in dem frischen Mauerwerk den Türbalken wieder, den man auch schon in seiner Jugend bei jedem Umbau erhalten hatte.« Die Assoziation bezeugt, wie sich die Hauptfigur durch die Begegnung mit jenem Knaben an die eigene Herkunft erinnert, ja in die eigene Jugend zurückversetzt fühlt. Im weiteren Verlauf von Jasons Gang durch den Tag wird das von entscheidender Bedeutung sein.

Ganz ähnlich ergeht es der Ich-Erzählerin im »Ausflug der toten Mädchen«. Alle ihre Sinne scheinen angespannt. »Ich trat in das leere Tor. Ich hörte jetzt inwendig zu meinem Erstaunen ein leichtes, regelmäßiges Knarren. Ich ging noch einen Schritt weiter. Ich konnte das Grün jetzt riechen, das immer frischer und üppiger wurde, je länger ich hinsah. Das Knarren wurde bald deutlicher, und ich sah in dem Gebüsch, das immer dichter und saftiger wurde, ein gleichmäßiges Auf und Ab von einer Schaukel oder von einem Wippbrett. Jetzt war meine Neugier wach, so daß ich durch das Tor lief, auf die Schaukel zu. Im selben Augenblick rief jemand : ›Netty!‹« Über die Sinneswahrnehmungen also, Hören, Sehen, Riechen, wird für die Ich-Erzählerin die Vergangenheit lebendig. Sie schaffen den Übergang – auch erzähltechnisch gesehen – in die andere Ebene, die erinnerte Vergangenheit. Die üppig grüne Farbe der Büsche, der Geruch nach Frische, das alles ist so anders, tatsächlich wie in einer anderen Welt. Die Märchen stellen der Schriftstellerin eines der schönsten und vieldeutigsten Motive zur Verfügung: den Schritt durch das Tor, der alles entscheiden wird. Man findet das etwa bei der Goldmarie und der Pechmarie in »Frau Holle«, aber auch in den Märchen aus »Tausend und einer Nacht«. Für die Erzählerin ist es die Eintrittspforte in die verlorene Welt. Sie, die krank und ohne Bewusstsein lag, kann jetzt mit allen Sinnen die Wiederannäherung an die vertraute Welt ihrer Herkunft wagen.

So wie Jason im Prozess des Erinnerns sein echtes Jugendgesicht wiedererlangt, die authentischen Züge seiner unverstellten Jugend, so findet Anna Seghers dabei den Namen ihrer Kindheits- und Jugendjahre wieder: Netty. »Mit diesem Namen hatte mich seit der Schulzeit niemand mehr gerufen.« So aber hatten vor allem die Eltern, hatte die Mutter sie genannt. Diesen Namen hatten sie ihr gegeben, damals, als sie eine behütete, beschützte und geliebte Tochter war. Pierre Radvanyi hat in einem Interview über die Situation mitgeteilt, als seine Mutter 1943 in Mexiko, nach ihrem schweren Verkehrsunfall, das Bewusstsein und schließlich sogar für einige Zeit ihr Gedächtnis verloren hatte: »Aber es war natürlich tragisch. Es dauerte Monate, bis sie ihre Erinnerungen zurück hatte. Die Wiedererinnerung richtete sich zuerst auf ihre Kindheit.« Das, so sagen die Mediziner, ist in solchen Fällen ein »normaler« Ablauf: Das am weitesten Entfernte, die Kindheit, wird am ehesten rekonstruiert.

Als dann der Name Netty aus den tiefen Flözen des Abgesunkenen auftaucht, kann sie sich daran – wie an einem Rettungsseil – aus der Bewusstlosigkeit herausziehen, ihr Ich wieder ans Licht bringen. Dieser »vergessene«, fast verschüttete Vorname ist wie ein »Sesam, öffne dich!« für die auf den Tod krank liegende Frau, der das Gedächtnis abhanden gekommen war. Das muss sie sich nun mühevoll, unter Aufbietung aller Lebenskraft, wieder erobern. Mit diesem Namen, den sie im Unterbewusstsein wiederfindet, schließen sich die eingekapselten, die verborgenen und verschlossenen Erinnerungsräume wieder auf. Wie in den Märchen so vieler Völker, die die Dichterin liebt, kann erst das rechte Wort im rechten Augenblick alles das bewirken, was sonst nicht gelingt: die große Tat, die Befreiungstat. Für die kranke Anna Seghers, über Ozeane weit entfernt von der Heimat, ist es die Aussicht, sich selber wiederzufinden. Wenn sie schon den Grund ihres bisherigen Lebens: die Muttersprache, die deutsche Staatsangehörigkeit, das Aufenthaltsrecht in der Heimat, die Eltern und Freunde, verloren hat, so ist es doch überlebensnotwendig, sich wenigstens in der Erinnerung all dessen zu versichern, was ihre Identität ausmacht. Der aus den Tiefen des Unterbewussten aufgetauchte Kindheitsname ist der Schatz, den es zu bergen gilt. Man muss nur das richtige Wort, das Zauberwort kennen. Wenn man die Höhle des Gedächtnisses betreten kann, so wie Ali Baba die Höhle des Berges Sesam, dann liegen die Schätze, die man so sehr begehrt, vor einem – in diesem Fall die Bilder und Laute des Liebsten, was man besitzt: die Mutter, die Heimatstadt, die Sprache der Jugend. Als Studentin hatte Netty Reiling einst das Märchen von »Ali Baba und die vierzig Räuber« abgeschrieben und, als »der Tiffelbücher erste Folge« mit Zeichnungen versehen, zu einem Diorama gestaltet. Der entscheidende Satz darin lautet: »›Sesam öffne dich!‹ Da sprang das Felsentor auf und ließ sie herein …« So findet die Ich-Erzählerin des »Ausflugs der toten Mädchen« in den mexikanischen Bergen ihren Zauberberg.

Noch etwas haben die Dichterin und der Held der Sage gemeinsam: Beide nehmen sie einen *Auftrag* an – so wie auch ihr Schicksal. Aber nicht blindlings gläubig, sondern tätig, aktiv, alle Energie daran setzend. Jason erhält den Auftrag vom Onkel, der ihm feindlich gesinnt ist und ihm damit Böses antun will. Er soll das Goldene Vlies erobern und nach Griechenland bringen. Ein Auftrag, der im Zeichen des Todes steht, denn, so ahnen alle und so weiß auch der Auftraggeber, das ist ein Unternehmen, das auch dem Stärksten und Tapfersten kaum gelingen kann. »Und sein Onkel hatte die Priester für ihre Gebete reich beschenkt. Er hatte an nichts gespart, was die Abfahrt seines verhaßten Neffen und Erben beschleunigte.« Schon in den Märchen sind solcherart Aufträge oft dazu angetan, die Helden in Bedrängnis zu bringen, wenn möglich, sogar zu vernichten – denkt man etwa nur an das Märchen von den sieben Raben, von Rumpelstilzchen oder das vom steinernen Herzen.

Dem Mädchen Netty dagegen hatte man einen guten Auftrag erteilt. Und zwar kommt er von einem Menschen, der ihr wohl will: ihrer Lieblingslehrerin: »Da stellte sich plötzlich Fräulein Sichel vor mich. Sie sah in der Sonne sehr jung aus in ihrem getupften Kleid mit ihrer festen kleinen Brust. Sie sagte zu mir mit blanken grauen Augen, weil ich gern fahre und weil ich gern Aufsätze schreibe, sollte ich für die nächste Deutschstunde eine Beschreibung des Schulausfluges machen.« Das Licht der Sonne, das die Gestalt der Lehrerin jung erscheinen lässt, ist das besondere Licht der Erinnerung. Sie lässt die Menschen, denen man in der Jugend begegnet ist, nicht altern. Und in gewisser Weise nimmt die Schriftstellerin hier bereits den Titel ihres großen Zeitgeschichtsromans voraus, an dem sie noch im Exilland schreiben wird: »Die Toten bleiben jung«.

Am Ende der Erzählung, als beide Ebenen, die der Erinnerung an Mainz und die der Gegenwart in Mexiko, wieder in Eins zusammenfließen, hat die Ich-Erzählerin das Wichtigste nicht vergessen – trotz allem, was seither Furchtbares geschehen ist: »Plötzlich fiel mir der Auftrag meiner Lehrerin wieder ein, den Schulausflug sorgfältig zu beschreiben. Ich wollte gleich morgen oder noch heute abend, wenn die Müdigkeit vergangen war, die befohlene Aufgabe machen.«

In mehreren ihrer Erzählungen spielen bei Anna Seghers der *Auftrag* und die Art, wie die Figuren damit umgehen, eine handlungsbestimmende Rolle. In »Das Licht auf dem Galgen«, einem Stoff aus der Französischen Revolution, geht es um Bewährung oder Versagen, um Vertrauen und Enttäuschung, darum, einen Auftrag zu erfüllen, um damit die eigene Identität zu befestigen und für andere eine nutzbringende Tat zu vollbringen. Sich einem Auftrag mit aller Bereitschaft zu stellen, sich eines Auftrags würdig zu erweisen, heißt aber auch, die Last auf sich zu nehmen, die damit verbunden ist, vielleicht sogar die Gefährdung des eigenen Lebens. Es ist die Bewährungssituation par excellence. Der Dramatiker Heiner Müller, der diesen erzählten Stoff der Seghers für sich adaptiert, nennt sein Theaterstück denn auch »Der Auftrag«.

Für die Schriftstellerin Anna Seghers selbst geht es mit der Erfüllung des Auftrags um das Heimweh nach Deutschland, nach ihrer verlorenen Jugend, den Freundinnen und der Stadt ihrer Kindheit, nach ihren toten Eltern. Sie trauert um sie, indem sie sie in ihrer Literatur bewahrt. In den FBI-Akten über Anna Seghers hat Alexander Stephan Briefe und Telegramme entdeckt, die abgefangen wurden. In einem davon, den die Schriftstellerin im Herbst 1944 an einen nicht zu ermittelnden Adressaten in den USA richtet, schreibt sie: »Für den ›Ausflug der toten Mädchen‹ … habe ich mir nur eine Möglichkeit vorgenommen, um es als Nachkriegsstück zu konstruieren. Ich stelle mir es folgendermaßen vor: Ich kehre heim, die Stadt ist völlig verändert, hier immer noch Spuren der Bombenangriffe, dort verunstaltende Neubauten. Wo meine Schule war, steht etwas ganz anderes. Ich suche die Mädchen meiner Klasse. Sie sind nicht zu finden … Ich frage den alten Lehrer. Jetzt entfaltet sich das Leben vor dem Krieg, während des Krieges und nach dem Krieg.« Mit dieser kunstvollen Geschichte auf mehreren Ebenen gelingt es der Schriftstellerin dann, sich ihre Vergangenheit wieder zu er-schreiben. Mit ihr bereitet sie die Heimkehr vor. Es ist intensivste, nachhaltige Trauerarbeit.

Zu einem der zentralen Begriffe der Erzählung vom Argonautenschiff macht Anna Seghers den des Schicksals, denn er ist einer der zentralen Begriffe ihrer Zeit. Jason, unser Held, hat noch eine vierte Begegnung in der Geschichte: die mit dem alten Wächter des Heiligen Hains. Eine Begegnung dieser Art überliefern die alten Sagen nicht. Für die Schriftstellerin des 20. Jahrhunderts aber ist gerade das Gespräch, das sie Jason mit dem Alten führen lässt, eine Schlüsselszene: Jason gibt sich den Anschein, als wisse er nichts über die Bräuche und Traditionen des hier heimischen Volkes, als sei er ein Zugereister – was er in gewissem Sinne ja tatsächlich ist, denn er war er eine lange, lange Zeit fort gewesen. Mit ihm unterhält er sich über das Schicksal. Der Wächter erklärt: »In alten Zeiten, sogar noch in meiner eigenen Jugend, glaubten die Menschen in diesem Land an Götter. Gewiß, sie haben auch einzelne, besonders starke Menschen beinahe wie Götter verehrt – –« Das aber hat sich nicht durchgesetzt, denn es war eine falsche Entwicklung. »Es war aber doch ein ungeheurer Unterschied zwischen Menschen und Göttern.« Der alte Mann bewacht im Heiligen Hain die Schiffe, die das Volk zur Erinnerung an berühmte Abenteuer der Seefahrt in großen Bäumen aufgehängt hat. Er versucht dem Fremden klarzumachen, worin dieser »ungeheure Unterschied« besteht, der eine Anmaßung des Menschen kenntlich macht: »Stärker als Menschen und Götter, höher als beide, hoch über allem war das Schicksal.« Ein Mensch kann und soll sich nicht zu einem Gott aufschwingen, denn er kann nicht das Schicksal bestimmen. Und falsch ist es auch, wenn das Volk einen Menschen wie einen Gott verehrt, es ist eine Blasphemie – im 20. Jahrhundert spricht man vom Personenkult um einzelne Menschen, die sich als Diktatoren dazu aufgeschwungen haben, für die anderen Schicksal zu spielen.

Die Nationalsozialisten haben den Begriff des Schicksals inflationär verwendet, haben ihn zweckentfremdet für ihre Propaganda. Alles, was sie von ihren verbrecherischen Zielen politisch verbrämen wollten, belegten sie mit dem Gerede vom ›Schicksal des deutschen Volkes‹. Schon das Wort war diskreditiert durch die Anmaßung der Nazis. Es musste gereinigt, von dem Mißbräuchlichen befreit werden, wollte man den Gebrauch des Wortes Schicksal in der deutschen Sprache wieder möglich machen. Auch das war ein Ziel dieser Seghersschen Erzählung.

In der Schluss-Sequenz der Erzählung »Das Argonautenschiff« nun läuft alles darauf hinaus, dass Jason sein Schicksal annimmt. Das bedeutet für ihn: einen richtigen, einen menschlichen Tod zu haben, nicht diese unechte, unentrinnbare Jugend, dieses ewige Leben, das kein Ziel mehr hat. Ein Menschenleben vollzieht sich im natürlichen Zyklus von Geborenwerden, Leben und Sterben. Es hat einen Anfang und ein Ende. Der Tod gehört so sicher dazu wie Zeugung und Geburt. Ewig zu leben ist nicht menschlich, es ist un-menschlich. Jason ahnt nicht nur, er weiß genau, dass im nächsten Moment der gewaltige Sturm, der an den Bäumen rüttelt, die morschen Seile der Argo zerreißen und das Schiffswrack auf ihn herabstürzen wird. Und er rührt sich nicht von der Stelle: »Vielleicht hätte Jason doch noch aufspringen können. Er verschränkte aber die Arme unter dem Kopf, und sein Gesicht war so kühn, wie es nur in seiner echten Jugend auf dem brüllenden Meer im Augenblick der höchsten Gefahr gewesen war.« Er sieht den Tod auf sich zukommen – und er weicht ihm nicht aus. Die Arme unter dem Kopf zu verschränken, bedeutet ein ganz bewusstes Nichteingreifen in den Ablauf der Dinge. Er sucht den Tod – als Vollendung seines Lebens. Das Knistern und Flammen des Lebendigen scheint darin auf: eine große Szene. Gustav Schwab, dessen Buch »Die schönsten Sagen des klassischen Altertums« (in der Ausgabe von C. Bertelsmann, Gütersloh 1911) Anna Seghers seit langem in ihrer Bibliothek bewahrt hat, gibt in einer Fußnote zum Ausgang der Argonautensage eine Variante an, die sich scheinbar damit deckt: »Andere berichten, dass Jason einst lebenssatt auf dem korinthischen Isthmus im Schatten der Argo gelegen habe. Da sei plötzlich das morsche Riesenschiff zusammengestürzt und habe den Unglücklichen unter seinen Trümmern begraben.« Nur: Der Jason der Anna Seghers ist eben gerade kein Unglücklicher, sondern einer, der endlich wieder bewusst handelt und so die Erfüllung findet: Er ist jetzt bereit, mit seinem Schiff zugrunde zu gehen. Das ist es wohl auch, was die österreichische Dichterin Ingeborg Bachmann in ihrem Gedicht »Böhmen liegt am Meer« assoziiert: »Ich will nichts mehr für mich, ich will zugrunde gehn. Zugrund, das heißt zum Meer, dort find ich Böhmen wieder. Zugrund gerichtet wach ich ruhig auf. Von Grund auf weiß ich jetzt, und ich bin unverloren …«

Jasons Sehnsucht nach einem gewöhnlichen Menschenleben wirkt am Ende stärker als die Lust auf ein unendliches, immerwährendes Leben in Betrachtung der ewigen Wiederkehr des Gleichen. Denn er ist *gebrannt von der Gier nach Leben* – aber nach dem echten, dem wirklichen, tätigen Leben. Längst ist er des Außergewöhnlichen, womit das Vlies ihn kennzeichnete, müde geworden. So legt er, unter seinem Schiff Argo, sein Goldenes Vlies ab, das ihn bisher wie eine zweite Haut umgeben hatte, und wird wieder zu einem sterblichen Menschen. »Jason reckte sich auf der warmen Erde. War er auch tief vertraut mit dem Meer, mit seinen Tücken und Stürmen, es tat ihm auf einmal gut, nichts mehr von ihm zu sehen. Statt dessen beherbergte ihn die Erde schweigend und anspruchslos im stillen Nachmittagslicht – wie die Mutter, verglichen mit der Geliebten.« Ein ebensolches besonderes Nachmittagslicht aber ist es, das dem Mädchen Netty auf dem Rheindampfer im »Ausflug der toten Mädchen«, gelehnt an die Schultern der Freundinnen, als Inbegriff der Heimat erscheint.

»Die Lust auf absonderliche, ausschweifende Unternehmungen«, heißt es für die Ich-Erzählerin, »die mich früher einmal beunruhigt hatte, war längst gestillt, bis zum Überdruß. Es gab nur noch eine einzige Unternehmung, die mich anspornen konnte: die Heimfahrt.« Das ist genau der Moment, der Jason und das Mädchen aus Mainz im selben Fühlen miteinander verbindet.

So erfüllt sich an Jason sein Schicksal, indem er wieder ein Mensch wird, alles falsche Göttliche, Übermenschliche von sich tut. Und so erfüllt die Sagengestalt Jason auch den Spruch des Orakels, an das er selbst von Anfang an geglaubt hatte: »Der ging mit seinem Schiff zugrunde, wie es das Volk seit langem in Liedern und Märchen erzählte.« Damit nun wird Jason wieder eins mit seinem Volk. Es ist die tatsächliche, die endgültige Heimkehr. Lieder und Märchen des Volkes, das ist im Verständnis der Dichterin der kostbarste Schatz, die reine, wiederhergestellte Identität des Einzelnen mit seiner Herkunft, mit dem Volk, aus dem er stammt. Anna Seghers liebt und sammelt seit jeher Märchen und Sagen der Völker. Sie hat von früh an einen Blick und ein Ohr dafür, wo der wahre Ursprung von Volksverbundenheit liegt: in der Übereinstimmung eines Menschen mit dem kulturellen Grund, auf dem er steht, mit den Wurzeln, aus denen er gewachsen ist. Jason glaubte, kaum dass die Mutter mit ihm zum Orakel fuhr, um den Ausgang der gefährlichen Reise nach Kolchis zu erfahren, von Anfang an fest an die Prophezeiung: »Er wird mit seinem Schiff zugrunde gehen.« Gerade diese Überzeugung hatte ihm den Mut verliehen, das Wagnis ohne Rückversicherung auf sich zu nehmen, das Goldene Vlies zu erobern. Erst dann, als der Verlauf des Abenteuerzuges anderes bereithielt, als das Orakel ihm vorausgesagt zu haben schien, glaubte er nicht mehr daran. Die Argonauten, seine Gefährten, waren nämlich mit der Argo ohne ihn davongesegelt, als er sich zu lange mit Medea aufgehalten hatte. Die Enttäuschung war so groß, dass er, wie im Trotz, sich einredete, Orakel lügen, und ein vorbestimmtes Schicksal gäbe es nicht. Erst ganz am Ende, in der Stunde seines Todes, begreift er plötzlich, dass Orakel doch nicht lügen. Jetzt, mit einem Schlage, im Tosen des Sturms über ihm, ahnt er es: Er wird mit seinem Schiff zugrunde gehen. Das und nichts anderes war sein Schicksalsspruch. Mit keinem Wort, keiner Silbe hatte das Orakel etwas anderes prophezeit, weitere Umstände etwa seines Untergangs mitgeteilt. So geschwätzig sind Orakel nicht. Anna Seghers, die den uralten Sagen vertraut, weiß das. Immer wieder hat sie sich der Mythen- und Sagenmotive bedient, um das zu gestalten, was in ihrem Erzählen das Unverwechselbare, das Kostbarste ist, auf das es ihr ganz besonders ankommt. Es sind die archaischen, die mythischen Muster des menschlichen Erlebens, die sie so stark anziehen. Genau so wie den Schriftsteller Franz Fühmann, der in seinem großartigen Essay »Das mythische Element in der Literatur« dem Wirkungsgeheimnis der Mythen auf der Spur ist. Er, der das sichere Gespür für solcherart Künstler und ihr Schreiben hat, sagt über seine Zeitgenossin: »Eine der großen alten Mythenerzählerinnen unter uns ist Anna Seghers, und es gibt eine Geschichte von ihr, die immer wieder zitiert und gelesen und vorgelesen wird, obwohl sie eigentlich doch gar keine sonderlich starke Geschichte zu sein scheint, und die zudem noch einen schrecklich anmutenden Lapsus enthält, das ist die Geschichte mit dem Schilfrohr. Ein ganz einfacher Zusammenhang: Ein verfolgter Antifaschist wird von einer Unbekannten in einem märkischen See verborgen, und zwar mit einem Schilfrohr im Mund, damit er während dieser Stunden auch Luft bekommt – nur: durch ein Schilfrohr bekommt man nicht Luft, das ist innen von Knoten zugewachsen – ein schrecklicher Fehler, nicht wahr? Aber seltsam – dennoch, und ich wage zu sagen: gerade deshalb blüht die Erzählung auf und wird groß. Denn statt des langweiligen und für die Dichtung hier gänzlich gleichgültigen botanisch Richtigen der Schilfhalmanatomie ist etwas unvergleichlich Anderes, Größeres, Unsterbliches in diese Prosa gekommen – die Natur selbst nimmt diesen Flüchtling auf, sie schließt ihn in ihrem mütterlichsten Reich ein, im See, im Wasser, im Uterus, das ist ein uraltes Mythenmotiv, in zahllosen Märchen kommt es vor, der Held, der sich am Grund des Sees versteckt – Mutter Erde selbst verbirgt ihn, *so* gerecht ist die Sache gegen die Nazis, *so* groß ist die Kraft der Schwachen –, es ist ein Unsterblichkeitszug.«

Die Mutter, so erinnert sich Pierre Radvanyi, erzählte ihren Kindern öfter beim Spazierengehen Geschichten, ohne dass er damals schon begriffen hätte, dass es von ihr erfundene Geschichten sind. Erst später versteht er, dass sie Schriftstellerin ist. Er wusste nur: Sie kann wunderbar erzählen, und sie erzählt in ungewöhnlich schönen Sätzen. Vielleicht hat sie ihren Kindern einst auch die Geschichte von Jason und dem Goldenen Vlies erzählt und so die feinen Verästelungen ihrer eigenen Adaption entworfen und ausprobiert.

Zum Leben und Werk

1900 Am 19. November wurde Netty Reiling, die einzige Tochter des Kunsthändlers Isidor Reiling und seiner Frau Hedwig, in Mainz geboren.
1919 Studium der Philologie, Geschichte, Kunstgeschichte und Sinologie und Heidelberg und Köln
1924 Promotion über Rembrandt
1925 Ehe mit László Radványi
1927 Veröffentlichung der Erzählung »Grubetsch« in der Frankfurter Zeitung unter dem Pseudonym Seghers
1928 »Aufstand der Fischer von St. Barbara«, Erzählung
Verleihung des Kleistpreises durch Hans Henny Jahnn
Mitglied der Kommunistischen Partei Deutschlands und des Bundes proletarisch-revolutionärer Schriftsteller
1930 Teilnahme an der Konferenz der Internationalen Vereinigung proletarisch-revolutionärer Schriftsteller in Charkow
»Auf dem Wege zur amerikanischen Botschaft und andere Erzählungen«
1932 »Die Gefährten«, Roman
1933 Verhaftung durch die Gestapo
Emigration über die Schweiz nach Frankreich
Mitherausgeberin der Zeitschrift »Neue Deutsche Blätter«
»Der Kopflohn«, Roman
1935 »Der Weg durch den Februar«, Roman
Ansprache auf dem I. Internationalen Schriftsteller-Kongress zur Verteidigung der Kultur in Paris
1937 »Die Rettung«, Roman
»Der Prozeß der Jeanne d'Arc zu Rouen 1431«, Hörspiel

Teilnahme am II. Internationalen Schriftsteller-Kongreß in Madrid

1940 Flucht von Paris nach Marseille

1941 Flucht auf einem Transportschiff über Martinique, San Domingo, Ellis Island nach Mexiko

Präsidentin des Heinrich-Heine-Klubs in Mexiko-City

Mitherausgeberin der Zeitschrift »Freies Deutschland«

1942 »Das siebte Kreuz«, Roman

1944 »Transit«, Roman

1946 »Der Ausflug der toten Mädchen und andere Erzählungen«

1947 Heimkehr, Wohnsitz in Berlin.

Rege und umfangreiche publizistische und kulturpolitische Tätigkeit (Mitglied des Präsidiums des Weltfriedensrates, Teilnahme an internationalen Kongressen Vizepräsidentin des Kulturbundes, Gründungsmitglied der Deutschen Akademie der Künste zu Berlin, Präsidentin des Deutschen Schriftstellerverbandes)

Auszeichnung mit dem Georg-Büchner-Preis

1949 »Die Hochzeit von Haiti«, 2 Novellen

»Die Toten bleiben jung«, Roman

1950 »Die Linie«, 3 Erzählungen

1951 »Crisanta«, Novelle

»Die Kinder«, 3 Erzählungen

1952 »Der Mann und sein Name«, Erzählung

1953 »Der Bienenstock«, Ausgewählte Erzählungen

»Der erste Schritt«, Erzählung

1958 »Brot und Salz«, 3 Erzählungen

1959 »Die Entscheidung«, Roman

1961 »Das Licht auf dem Galgen«, Erzählung

1962 »Karibische Geschichten«

1965 »Die Kraft der Schwachen«, Erzählungen

1967 »Das wirkliche Blau«, Erzählung

1968 »Das Vertrauen«, Roman

1969 »Glauben an Irdisches«, Essays
1971 »Überfahrt«, Erzählung
1973 »Sonderbare Begegnungen«, 3 Erzählungen
1975 »Der Räuber Woynok«, Sagen und Legenden
1977 »Steinzeit / Wiederbegegnung«, 2 Erzählungen
1980 »Drei Frauen aus Haiti«, 3 Erzählungen
1981 Publikation ihrer Dissertation »Jude und Judentum im Werke Rembrandts«
1983 Am 1. Juni in Berlin verstorben, Ehrengrab auf dem Dorotheenstädtischen Friedhof

Quellenhinweise auf Buchausgaben der Werke im Aufbau-Verlag Berlin

Anna Seghers: Sämtliche Erzählungen 1924–1980, mit Nachworten von Sonja Hilzinger, 6 Bände in Kassette, Aufbau Taschenbuch Verlag, Berlin 1994 , darin:

Die Toten auf der Insel Djal
Grubetsch
Sagen von Artemis
Die schönsten Sagen vom Räuber Woynok
Der sogenannte Rendel
Die drei Bäume
Post ins Gelobte Land
Der Ausflug der toten Mädchen
Das Argonautenschiff
Crisanta
Das Schilfrohr
Tuomas beschenkt die Halbinsel Sorsa
Die Heimkehr des verlorenen Volkes
Das wirkliche Blau
Sagen von Unirdischen
Die Reisebegegnung
Steinzeit
Wiederbegegnung
Das Versteck

Anna Seghers: Werkausgabe, hg. von Helen Fehervary und Bernhard Spies, Berlin 2000ff.:

- Der Aufstand der Fischer von St. Barbara, Bandbearbeitung Helen Fehervary, Berlin 2002
- Das siebte Kreuz, Bandbearbeitung Bernhard Spies, Berlin 2000
- Transit, Bandbearbeitung Silvia Schlenstedt, Berlin 2001

- Erzählungen 1967–1980, Bandbearbeitung Eva Kaufmann, Berlin 2005
Anna Seghers: Die Toten bleiben jung. Gesammelte Werke in Einzelausgaben, Bd. VI, Berlin und Weimar 1967
Anna Seghers: Überfahrt, Berlin und Weimar 1971/ Aufbau Taschenbuch Verlag, Berlin 1994
Anna Seghers: Jans muß sterben. Mit einer Nachbemerkung von Pierre Radvanyi, Berlin 2000
Anna Seghers: Und ich brauch doch so schrecklich Freude, darin: Die Legende von der Reue des Bischofs Jehan d'Aigremont von St. Anne in Rouen, hg. von Christiane Zehl Romero, Berlin 2003
Anna Seghers: Vaterlandsliebe sowie Glauben an Irdisches, in: Gesammelte Werke in Einzelausgaben, Bd. XIII, Aufsätze, Ansprachen , Essays 1927–1953, Berlin und Weimar 1980
Anna Seghers: Frauen und Kinder in der Emigration, in: Anna Seghers, Wieland Herzfelde: Ein Briefwechsel 1939–1946, Berlin und Weimar 1985
Anna Seghers: Hier im Volk der kalten Herzen. Briefwechsel 1947. Hg. von Christel Berger, Aufbau Taschenbuch Verlag, Berlin 2000
Pierre Radvanyi: Jenseits des Stroms. Erinnerungen an meine Mutter Anna Seghers. Berlin 2005

Abbildungen

Harald Kretzschmar:	Anna Seghers (1972), S. 7 / Buchrückseite Kafka (1993), S. 143
Roland Berger:	Jason und Medea (2003), S. 85 Sagen von Unirdischen (1974), S. 135
Armin Münch:	Drei Frauen aus Haiti (»Das Versteck«), (1996), S. 159
Titelgraphik:	»Die Reisebegegnung« von einem unbekannten tschechischen Künstler

Autorin und Verlag danken den drei genannten Graphikern für die freundliche Genehmigung zum Abdruck ihrer Arbeiten.

Reihe Spurensuche
Vergessene Autorinnen wiederentdeckt

Band 1
Monika Melchert: "Die Dramatikerin Ilse Langner. 'Die Frau, die erst kommen wird ...'" Eine Monographie, trafo verlag 2002, 300 S., ISBN 3-89626-335-8

Band 2
Ilse Langner: "Von der Unverwüstlichkeit des Menschen". Dramenzyklus, herausgegeben von Monika Melchert, trafo verlag 2002, 345 S., ISBN 3-89626-382-X

Band 3
Susanne Kerckhoff: "Vor Liebe brennen". Lyrik und Prosa, herausgegeben von Monika Melchert, trafo verlag 2003, 268 S., ISBN 3-89626-405-2

Band 4
Cläre M. Jung: "Aus der Tiefe rufe ich". Texte aus sieben Jahrzehnten, herausgegeben von Monika Melchert, trafo verlag 2004, 270 S., ISBN 3-89626-432-X

Band 5
Thea Sternheim: "Sackgassen". Roman, herausgegeben von Monika Melchert, mit einem Nachwort von Regula Wyss, trafo verlag 2005, 306 S., ISBN 3-89626-498-2

Band 6
Brigitte Alexander: "Die Rückkehr. Erzählungen und Stücke aus dem Exil", aus dem Spanischen von Theo Bruns, Renata von Hanffstengel, Andrea Sevilla von Hanffstengel, herausgegeben von Ulrike Schätte, trafo verlag 2005, 142 S., ISBN 3-89626-522-9

trafo verlag, Finkenstraße 8, 12621 Berlin, Germany
Tel.: 030/56701939 Fax: 030/56701949
e-Mail für Buchbestellungen: trafoberlin@gmx.de
Internet-Verlagskatalog: http://www.trafoberlin.de